Sr. Gum

e o urso

dançarino

Outras obras do autor
publicadas pela Galera:

Você é um homem mau, Sr. Gum!

Sr. Gum e o biscoito bilionário

Sr. Gum e os goblins

Sr. Gum e os cristais de poder

Sr. Gum e o urso dançarino

Sr. Gum e o urso dançarino

Tradução de
Rodrigo Abreu

Ilustrações de
David Tazzyman

Andy Stanton

1ª edição

GALERA
—**junior**—

RIO DE JANEIRO

2014

CIP-BRASIL. CATALOGAÇÃO-NA-FONTE
SINDICATO NACIONAL DOS EDITORES DE LIVROS, RJ
S729s

Stanton, Andy
Sr. Gum e o urso dançarino / Andy Stanton; ilustrações David Tazzyman;
tradução Rodrigo Abreu. -[1ª. ed.]- Rio de Janeiro: Galera Record, 2014.
il. - (Sr. Gum; 5)

Tradução de: Mr. Gum and The Dancing Bear
Sequência de: Sr. Gum e os cristais do poder
ISBN 978-85-01-09542-8

1. Novela infantojuvenil inglesa. I. Tazzyman, David. II. Abreu, Rodrigo, 1972-.
III. Título. IV. Série.

13-05161   CDD: 028.5
                           CDU: 087.5

Título original em inglês:
Mr. Gum and The Dancing Bear

Edição original em língua inglesa publicada primeiramente em 2008 sob
o título Mr. Gum and The Dancing Bear por Egmont UK Limited, 239
Kensington High Street, Londres W8 6SA.

Texto revisado segundo o novo Acordo Ortográfica da Língua Portuguesa.

Composição de miolo e capa: Celina Carvalho

Direitos exclusivos de publicação em língua portuguesa
somente para o Brasil adquiridos pela
EDITORA RECORD LTDA.
Rua Argentina, 171 - Rio de Janeiro, RJ - 20921-380 - Tel.: 2585-2000,
que se reserva a propriedade literária desta tradução.

Impresso no Brasil

ISBN: 978-85-01-09542-8

Seja um leitor preferencial Record.
Cadastre-se e receba informações sobre nossos lançamentos e nossas promoções.
Atendimento e venda direta ao leitor:
mdireto@record.com.br ou (21) 2585-2002.

Para Vicky e William

Sumário

Alguns dos velhos e loucos habitantes de Lamonic Bibber

Sra. Gracinha

Sexta-Feira O'Leary

Billy William III

Vovó Velha

Sr. Gum

Martin Lavanderia

Alan Taylor

Polly

Capítulo 1
Chorão, o Urso

Quem gosta de ursos? Todo mundo gosta de ursos. Eu gosto de ursos, você gosta de ursos, um sujeito que conheço chamado Will Bulman gosta de ursos. Todo mundo gosta de ursos. Eles são os verdadeiros reis da selva. São a forma que a natureza encontrou para dizer: "Vejam só como são os ursos." Eles são o máximo. São os ursos.

E sabem de uma coisa, adoradores de ursos? Vocês estão com sorte, porque esta história é inteirinha sobre um urso. E não um urso qualquer, vejam vocês, mas um espécime assustadoramente grande e bonito que vinha caminhando tranquilamente quando chegou à pequena cidade de Lamonic Bibber em uma bela manhã de outono. Era um baita de um urso-pardo grandalhão e bem gorducho, um brutamontes daqueles peludos mesmo, não como esses ursos baratos de hoje em dia que mal têm pernas e que precisam de pilhas para se mexer.

Ele tinha a altura de dois homens, ou de cerca de quarenta hamsters — se quiser, tente colocá-los um em cima do outro para ver só. E ele pesava mais que duzentas melancias juntas, ou aproximadamente 19 mil uvas.

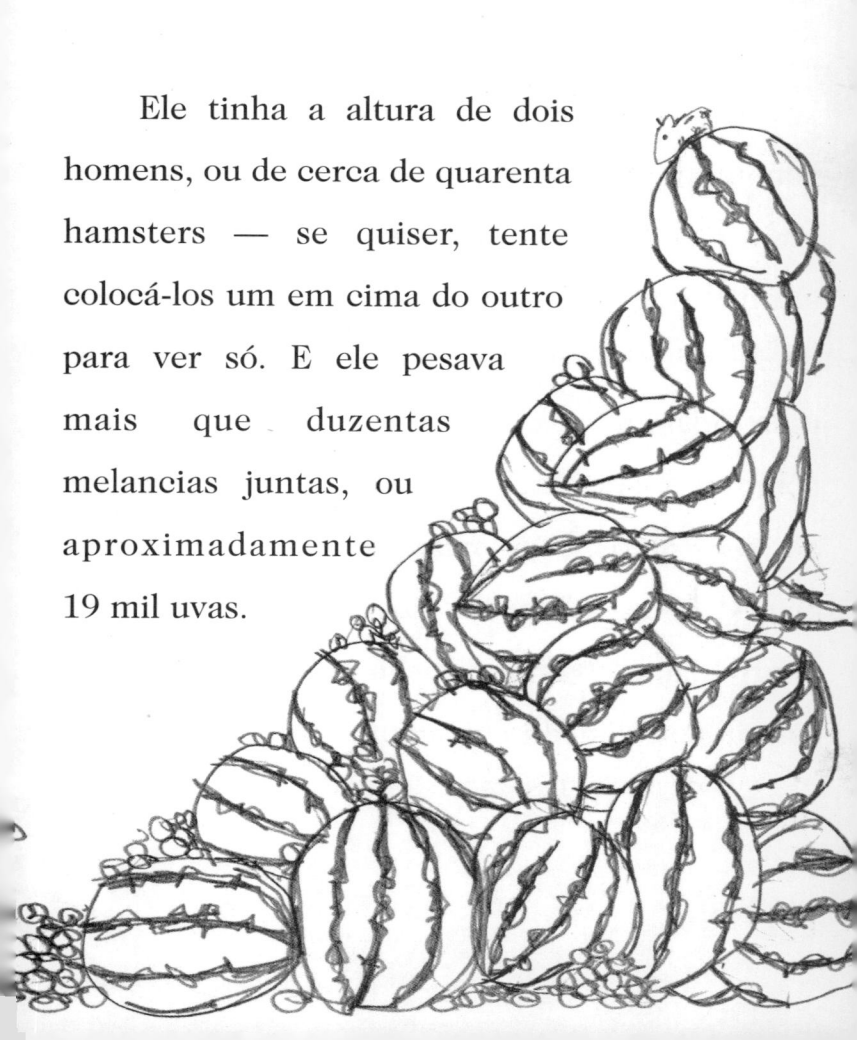

E o pelo dele? Ah, que bom que vocês perguntaram isso, porque ele era coberto dos pés à cabeça com o pelo cor de chocolate mais incrível que você já viu. Um pelo macio e bem cheio e de fios longos e também lustroso e com uma aparência forte e saudável, exatamente como deve ser o pelo de um urso. E seus olhos, ah, seus olhos, seus magníficos olhos castanho-claros! Uma única vez que você olhasse bem dentro daqueles enormes e lindos olhos e pronto, estaria perdidamente apaixonado.

E, quando esse novo e glorioso visitante surgiu caminhando pesadamente pela rua principal sobre suas grossas patas traseiras, todos pararam o que estavam fazendo para observá-lo.

— Upa-lelê! — exclamou Jonathan Baleia, o homem mais gordo da cidade. — Ele é tão gordo quanto eu!

— Vixe! — comentou a Vovó Velha, a mulher mais velha de Lamonic Bibber. — Não aparece nenhum urso nesta cidade desde a Grande Praga de Lagartixas de 1922. E mesmo naquela época não havia nenhum urso, apenas um montão de lagartixas.

— Um urso! — gritou o carteiro.

— Um urso! — gritou o leiteiro.

— Ei, suas garças gulosas! Fiquem longe do meu café da manhã! — gritou Sexta-Feira O'Leary, que estava tendo um momento meio tenso na lanchonete *Ataque das Garças*.

Logo a rua principal foi tomada por um enorme desfile de risonhos habitantes da cidade, todos saltitando e cabriolando enquanto seguiam o urso em seu lento percurso até a praça. E lá, chegando ao banco que fica sob a estátua do excelentíssimo Henrique Violino, o inventor do saxofone, o urso se sentou, afundou o rosto nas patas e começou a chorar.

Pois bem. Não há nada tão triste quanto ver um urso chorando. É mais triste que um brinquedo quebrado abandonado na chuva. É mais triste que uma pequena cebola bem branquinha sendo azucrinada por uma gangue de abobrinhas malvadas com jaquetas de couro. É mais triste que uma vovó que ninguém nunca vai visitar porque ela tem pelos demais no rosto. Acreditem em mim, crianças de todas as idades: um urso chorando não é algo legal de se ver.

Os habitantes da cidade ficaram olhando, estupefatos. Mas por acaso algum deles se aproximou daquela pobre fera para confortá-la naquele momento de triste choradeira? Não, ninguém. Ah, todos eles *diziam* gostar de ursos.

Todos doavam dinheiro para instituições de caridade como "SOS Urso", "Salvem Os Ursos" e "Vamos Comprar umas Escovas de Dentes Novas para Alguns Ursos". Mas na hora de realmente ajudarem um deles na vida real, aí foi outra história. Uma história em que os habitantes da cidade ficaram só olhando, estupefatos — até que uma heroica menina chamada Polly passou por ali. Polly tinha 9 anos, um lindo cabelo cor de areia e belos tênis, e simplesmente não conseguia ver outra pessoa em apuros, ainda mais se essa pessoa calhasse de ser um urso.

— Pelos deuses, isso não está certo! — exclamou ela, e, sem nem pensar na própria segurança, aproximou-se da fera, que, sentada, se descabelava como uma quitandeira.

— Bom dia, visitante peludo — disse Polly. — Sinto muito por você estar tão triste.

— Mmmmmph? — falou o urso, pois a verdade era que nenhum ser humano tinha falado com ele de forma tão gentil antes.

Tirando dos olhos suas patas ensopadas de lágrimas, ele fitou a pequena menina destemida ali parada diante dele sob o brilhante sol do outono.

— Devore a menina! Devore a menina! Devore a menina! — incitava o povo da cidade.

Mentira, ninguém falou isso; mas teria sido engraçado.

— Meu nome é Polly — disse Polly, olhando bem dentro dos tristes olhos castanho-claros da criatura.

Através das lágrimas o urso olhou para Polly, e naquele momento algo extraordinário aconteceu. Naquele momento os dois se tornaram os melhores amigos, como o Gordo e o Magro ou Batman e Robin ou Albert Einstein e Tarzan.

— Vou chamá-lo de "Chorão" — disse Polly ao urso —, se você não se importar. Gosta de biscoito? Tenho muitos biscoitos no bolso da minha saia, só que alguns estão um pouco quebrados, me desculpe.

Mas Chorão não se importou nem um pouco. Juntos, ele e Polly ficaram sentados na praça comendo biscoitos quebrados, enquanto por todo lado as folhas caíam, delicadas e tristes como lágrimas do outono.

Capítulo 2

O Campeão Mundial do Concurso de Mentiras do Açougue

Mas onde estavam aqueles baderneiros asquerosos, o Sr. Gum e Billy William III, enquanto tudo isso acontecia? Ora, estavam vadiando no açougue nada higiênico de Billy William, se empanturrando de baldes e mais baldes de vísceras rançosas e competindo para ver quem conseguia contar mais mentiras em um minuto. O Sr. Gum estava na liderança, com 11 monstruosas inverdades, mas agora era a vez de Billy, e ele estava arregaçando as mangas para começar.

— Em suas marcas... preparar... MINTA ATÉ AS SOBRANCELHAS CAÍREM! — gritou o Sr. Gum, disparando um cronômetro em sua mão de velho malvado.

E Billy mandou ver.

— Certo — começou ele, torcendo as orelhas em concentração. — Eu sou o presidente da galáxia! Tenho mais de 600 anos! Eu... hum... uma vez eu fiz um desenho tão perfeito de um crocodilo que o bicho ganhou vida e comeu o raio das minhas pernas...

— BÔNUS DE SUPERLOROTA!

— gritou o Sr. Gum, cuspindo vísceras por todo o rosto de Billy, tamanha era sua empolgação. — Duas mentiras em uma!

— Hum... — continuou Billy. — Eu tenho um carro tão rápido que vive indo parar no futuro! Eu tenho cinco braços! Eu não cheiro mal! Existe um mundo secreto escondido debaixo da minha boina! Uma vez eu beijei uma mulher! Eu só vendo carne da melhor qualidade no meu açougue... hum...

— Acabou o tempo! — vociferou o Sr. Gum repentinamente, o que também era uma mentira, pois Billy ainda tinha 15 segundos. — Não foi dessa vez, Billy, meu velho modorrento, você até que tentou mas conseguiu apenas dez mentiras. Então ainda sou eu o atual Campeão Mundial de Mentiras no Açougue!

— Calma aí, passe para cá esse cronômetro — disse Billy William, desconfiado, mas o Sr. Gum rapidamente bateu com o cronômetro no balcão, fazendo-o em pedacinhos, que ele comeu todos.

— Que cronômetro? — perguntou o Sr. Gum inocentemente, uma pequena mola pendurada para fora de sua boca.

Bem, uma briga poderia ter começado bem aí, mas justo o Sr. Gum calhou de olhar pela janela coberta de moscas. E quando ele viu o que estava acontecendo lá fora na praça da cidade, seus olhos se iluminaram como lâminas de barbear.

— Olhe só isso, meu camarada Billy! — exclamou ele. — Depois de um longo e tenebroso inverno nossa sorte está virando. Está vendo aquele urso ali fora? Pois ele é o nosso passaporte para a fama, a fortuna, a glória, um pouco mais de fama, de riquezas, de bufunfa e ainda mais fortuna.

— Como é que é? — indagou Billy William, esmagando uma mosca contra a vidraça e desenhando um grande ponto de interrogação no vidro com o sangue do inseto. — É só um urso fedido!

— Ah, mas espere até o obrigarmos a *dançar* para nós! — falou o Sr. Gum, com uma alegre careta. — As pessoas adoram um urso dançarino e pagam qualquer coisa para ver isso! O urso lá dançando, você passando com um chapéu para recolher o dinheiro, e eu sentado em uma poltrona confortável gritando: "Ei, Billy! Quero ver essa grana toda no meu bolso ou você vai levar um baita de um chute nas costelas!" Ah, sim. — O Sr. Gum riu. — Assim que colocarmos as mãos naquele urso, vamos nadar em rios de dinheiro, principalmente eu. Ô se vamos!

Capítulo 3

O que fazer com Chorão, o urso?

os dias se passaram, o outono passeando em sua habitual capa estampada de ventanias e tormentas. Sentados no açougue, o Sr. Gum e Billy William faziam seus planos. Sentado na confeitaria, o confeiteiro fazia suas tortas. E sentada na praça da cidade ao lado de Chorão, Polly retorcia as mãos de preocupação.

— Ah, Chorão — disse ela, com um suspiro tenso. — Todo dia eu lhe trago uns biscoitinhos e conto umas piadas para dar uma levantada nesse seu astral, mas não está adiantando. O que há com você, rapaz?

A única resposta de Chorão foi um pequeno e cansado "mmph". Ele parecia mais infeliz do que nunca. Ficava mais magro a cada dia e seus enormes olhos castanho-claros estavam vazios e sem vida, como um cinema interditado em uma cidade chamada Desalento. Muitas vezes ele mal parecia notar a presença de Polly, ficava apenas olhando melancolicamente para o vazio, balançando-se para a frente e para trás o tempo todo.

O pior de tudo era seu pelo. Não apenas seu pelo tinha perdido o adorável e esplendoroso brilho como chegara a ponto de começar a cair. A cada manhã Polly achava mais pelo de Chorão no chão e menos pelo de Chorão em Chorão, até que um dia ela resolveu dar um basta naquilo.

— Vou visitar Alan Taylor — disse Polly a Chorão, que continuou ali sentado chorando e nem se incomodando em limpar com as patas a coriza do nariz. — Ele é um diretor de escola brilhante que sabe tudo sobre o mundo natural. Talvez possa ajudar você.

🕊 🕊 🕊

— Polly! — exclamou, radiante, Alan Taylor quando ela apareceu na escadaria da Escola Santo

Pterodátilo Para Os Pobres naquele mesmo dia. — Que surpresa maravilhosa!

— Olá — disse Polly, abaixando-se para lhe dar um abraço.

Ela teve que se abaixar porque Alan Taylor tinha apenas 15,24 centímetros de altura. Ele devia ser o menor diretor de escola do mundo e, quase com certeza, o único com corpinho de pão de mel. Seus músculos elétricos zumbiam e faiscavam alegremente enquanto ele conduzia

Polly por um longo corredor decorado com desenhos feitos pelas crianças da escola. Até mesmo os desenhos mais horrorosos estavam fixados na parede, porque Alan Taylor não era o tipo de diretor que diz coisas como "Caramba, que porcaria de desenho. Isso aqui era para ser uma árvore?". Ele era o tipo de diretor que dizia coisas como "Foi uma boa tentativa, tome aqui essa estrela dourada e algumas balas".

— E então, Polly — começou Alan Taylor quando eles se sentaram confortavelmente nas poltronas de couro macio de seu gabinete de diretor —, o que a traz aqui hoje?

Então Polly contou ao pequeno biscoito tudo sobre Chorão.

— E achei que você poderia saber o que há de errado com ele, Alan Taylor, porque você é um professor e tanto do mundo natural — concluiu ela, olhando admirada para todos os livros nas estantes.

Havia cinco no total, com os seguintes títulos: *ANIMAIS A-G, ANIMAIS H-L, ANIMAIS M-Q, ANIMAIS R-Y* e *ZEBRAS*.

— Hum — fez Alan Taylor, recostando-se em sua poltrona e dando uma baforada em seu minúsculo cachimbo de alcaçuz. — Pode pegar para mim aquele livro *ANIMAIS R-Y*, Polly? Acho que ali podemos encontrar o que estamos procurando.

Então Polly apanhou o pesado livro, que era maior do que o próprio Alan Taylor, e virou as páginas até chegar ao capítulo sobre ursos.

— Vamos ver — disse Alan Taylor, pulando para cima da página para ver melhor. — Hum... interessante... arrá! Foi o que imaginei. — Ele balançou a cabeça afirmativamente. — Chorão está exibindo todos os sintomas de saudades por afastamento de casa. Veja bem, Polly, ursos não foram feitos para ficarem confinados no Mundo dos Homens. Eles simplesmente não nasceram para dirigir carros ou trabalhar em sapatarias ou mesmo ficarem sentados em praças sem fazer nada o dia inteiro. Se você quer minha opinião — continuou o diretor —, o verdadeiro lar de Chorão é o Reino das Feras, onde ele pode viver livre, leve, solto e peludo, como a natureza manda.

— Ah, obrigada, Alan Taylor, obrigada — falou Polly, aliviada. — Eu sabia que você teria a resposta! Vou voltar lá e resolver isso de uma vez. Mas você vai me ajudar? — perguntou ela, esperançosa, porque Alan Taylor era sempre uma boa companhia para aventuras, e toda vez que ele pegava no sono dava para mordiscar escondido suas deliciosas unhas de pão de mel.

Alan Taylor suspirou.

— Eu adoraria, Polly, mas simplesmente não posso. Tenho uma pilha enorme de redações para corrigir e vai haver conselho de classe semana que vem. É bem exaustivo esse meu trabalho como diretor de escola, você sabe.

— Bem, você é o melhor diretor que eu conheço — disse ela, dando um adorável beijão no nariz do amigo.

E, após despedir-se afetuosamente de Alan Taylor, ela foi tratar de devolver Chorão ao Reino das Feras, que era o seu lugar.

Capítulo 4

Os malvados, o urso e o balão

E is que voltamos à praça da cidade, onde a noite de outono se aproxima. O que resta de luz se apaga no céu como uma televisão sendo desligada pelo resto da noite, e uma brisa fria sopra, fazendo as folhas farfalharem aos pés de Chorão e os esquilos tremerem tanto no topo das árvores que as avelãs caem de seus bolsos. Mas o urso Chorão está tão triste que não nota o frio, ou o vento bagunçando seu pelo, ou mesmo que as estátuas da praça quase parecem se mover na escuridão crescente...

$$\mathcal{Q} \quad \mathcal{Q} \quad \mathcal{Q}$$

— Ai, meus bigodes — sussurra uma das estátuas, uma figura imunda com uma grande barba ruiva montada em uma estátua de cavalo. — Estamos aqui totalmente imóveis há mais de uma semana, esperando nossa chance. Estou de saco cheio disso, e meu nariz está começando a coçar.

— Paciência, meu chinelo gasto — responde o cavalo, que surpreendentemente mais parece um velho açougueiro encardido, — não falta muito agora.

As estátuas esperam ali um pouco mais até que o último transeunte tenha passado. E então, quando finalmente não há ninguém por perto...

E.STÁTUA

— Agora! — grita o cavalo, e as estátuas ganham vida, saltando de seu pedestal e correndo velozes como vilões na direção do assustado urso.

— Isso é por você me fazer fingir ser uma estátua durante toda a semana, seu mamífero inútil! — rosna o Sr. Gum, chutando o traseiro de Chorão com sua pesada bota.

— Veja só o pelo idiota dele, está caindo por todo lado! — zomba Billy, rindo, arrancando um punhado de pelos com suas indelicadas mãos. — Que engraxado!

— Ah, é — concorda o Sr. Gum. — E espere só até colocarmos o bicho para dançar, Billy! Vamos ficar podres de ricos, tirando você. Você vai ser só podre.

Com risadinhas perversas, os vilões arrastam o enfraquecido e apavorado Chorão para sua nova vida de dançar por aí como roupas no varal. E quando Polly chega à praça, Chorão desapareceu.

— CARAMBOLAS! — praguejou Polly.

Correndo até o banco, ela pôs-se a apalpar em volta para o caso de Chorão ainda estar ali mas ter se tornado invisível, como acontece de vez em quando com os ursos. Mas não: ele realmente tinha sumido.

— O que eu vou fazer agora? — Ela suspirou. — Eu deixei Chorão totalmente sozinho no Mundo dos Homens, sem ninguém para protegê-lo, e agora ele pode estar em uma encrenca danada. Deixei aquele enorme urso na mão, foi

isso! Sou uma vergonha para a reputação das crianças de 9 anos!

O vento do outono soprou suavemente, espalhando as folhas que estavam caídas em depressões do solo. Espalhando-as de forma que revelaram...

— Pegadas de patas! — gritou Polly. — Chorão deixou essas geniais pistas com seus pés para me ajudar a encontrá-lo!

Logo ela estava seguindo a trilha, as marcas enlameadas levando-a entre os canteiros e depois

para fora da praça. Da praça da cidade, descendo a rua principal. Descendo a rua principal, passavam por Mão-Trêmula McDesastrado, o melhor barbeiro da cidade. Passando por Mão-Trêmula McDesastrado, cruzavam pequenas alamedas. Cruzando pequenas alamedas, atravessavam a linha do trem. Atravessando a linha do trem, seguiam para... mas ali a trilha terminava. Havia tanto lixo e lama no chão que Polly não conseguia distinguir as pegadas na luz fraca.

— E agora, em que direção eu vou? — perguntou-se, frustrada. — É impossível saber, carambolas!

Mas bem naquele momento surgiu uma voz e a voz estava chamando, chamando, chamando dos céus, e estava chamando, chamando, chamando dos céus, sim, estava chamando dos céus.

— Olhe para mim, Polly, olhe para mim! — gritou a voz, e Polly ficou embasbacada ao ver um esplêndido balão de ar quente vermelho cruzando o céu, com as palavras **SABORES DA DESCOBERTA** pintadas em letras verdes e douradas.

E, em pé dentro do balão, mexendo com uma corda amarela que tinha se enrolado em suas canelas, estava ninguém menos do que Jonathan Baleia, o homem mais gordo da cidade.

55

— Iuuupiiiii! — gritou ele. — Iuuupiiiiii, uhuuuuul! Cansei dos salgadinhos e petiscos aqui de Lamonic Bibber... estou partindo para uma volta ao mundo para experimentar novos quitutes! Quem sabe as guloseimas maravilhosas que descobrirei? — Ele riu, seus olhos brilhando e seu estômago roncando como um motor de caminhão. — Mas, Polly — exclamou ele, quando notou como ela parecia infeliz —, qual é o problema?

— É o Chorão — respondeu a menina. — Eu o perdi sem querer.

— Bem, talvez eu possa ajudar — disse Jonathan Baleia, observando as ruas que se abriam abaixo dele como um grande mapa em movimento. — Arrá, lá está o seu urso. Está seguindo na direção das docas. Mas tenha cuidado, Polly... ele não está sozinho!

— Como assim? — perguntou Polly, mas seu coração já tinha adivinhado a terrível verdade.

— O Sr. Gum e Billy William! — gritou Jonathan Baleia, o balão se elevando mais e mais no ar quente da noite. — Foram eles que pegaram Chorão!

— Então eles estão por trás disso, eu deveria ter desconfiado — falou Polly, tremendo. — Obrigada, Sr. Baleia! — gritou ela para o balão, que desaparecia.

E com o cheiro de calamidade assoviando em sua caixa torácica, Polly correu pela decadente pista sinuosa que levava às docas de Lamonic Bibber.

Capítulo 5

Lá nas Docas

As docas! Onde a vida era barata e a morte estava em promoção o ano todo. Onde o perigo se escondia em cada esquina e cada passo que você dava poderia ser o seu último.

Onde um homem poderia perder o salário de um mês inteiro em cinco minutos apostando queijo com os ratos dos esgotos e os marinheiros cantavam bêbados e os relógios viviam todos quebrados e os barris de rum se elevavam ameaçadoramente no nevoeiro e ninguém nunca sabia o que o outro estava pensando, mas uma coisa era certa: eles queriam lhe fazer mal.

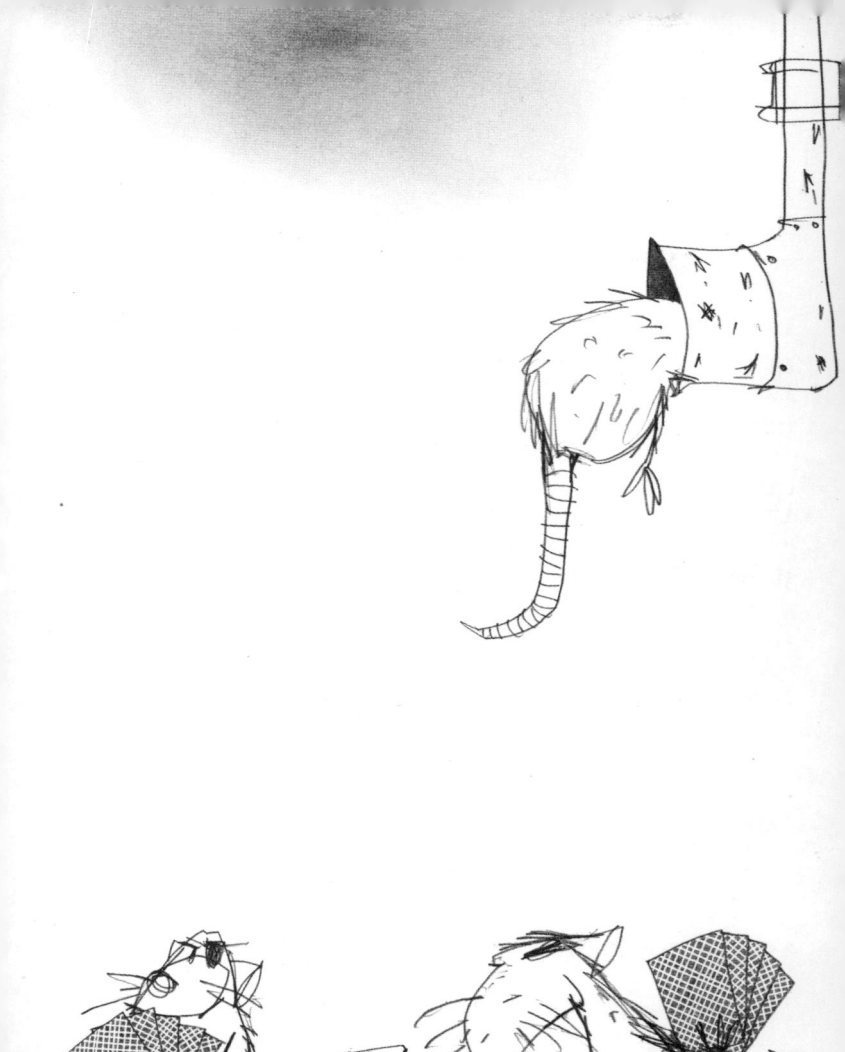

Polly seguia com cuidado pelas ruazinhas estreitas, que as lamparinas a gás vitorianas iluminavam debilmente com seu fraco brilho alaranjado permeando as brumas rodopiantes. O ar estava denso, repleto do cheiro de sal e especiarias exóticas, e se alastravam na noite centenas de sons terríveis — guinchos fantasmagóricos, vidro sendo quebrado e as damas indecentes anunciando seus serviços aos berros pelos becos:

— Um vintém por um beijo em meus lábios vermelhos como rubi! Dois vinténs por uma apalpada em meus cotovelos!

Pedintes gemiam e se lamuriavam na sarjeta, ladrões de cabelo se agrupavam em frente a estúdios de tatuagem e aterrorizantes gangues de fofoqueiros vagavam pelas ruas, falando sobre pessoas pelas costas.

— Saia da frente, marujo — rosnou um marinheiro com aparência ameaçadora, empurrando Polly rudemente para o lado e desaparecendo dentro de uma porta esquisita. — Quero ver o tal urso que andam comentando por aí.

— Urso? — sussurrou Polly.

Seguindo os passos do marinheiro para dentro da porta, ela se viu em uma pequena taberna encardida.

Era um lugar repugnante, onde ecoavam risadas grosseiras e o ar fedia a suor e serragem. Havia redes de pesca sujas penduradas no teto baixo, e as mesas estavam repletas de rufiões de nariz vermelho se vangloriando de quantos homens tinham matado e comendo âncoras para vencer desafios. Em um canto, um anão sinistro escrevia em seu diário com uma antiquada caneta bico de pena:

15 de setembro,

Acordei. Fiz umas paradas sinistras. Matei um homem por me chamar de "Baixinho". Matei outro homem só porque deu vontade. Fiz mais algumas paradas sinistras. Vi *Os Simpsons*.

Tentando não respirar muito fundo para não ficar bêbada, Polly passou por uma série de salas onde toda forma de entretenimento ilegal estava em ação. Jogos de cartas, rinhas de aranhas, concursos de inflar galos — tudo isso estava acontecendo. Mas finalmente Polly chegou à última sala de todas, um covil escuro e úmido escondido bem nos fundos da taberna, longe dos olhos de pessoas decentes e cheia de marinheiros exaltados, todos esperando o show começar.

De repente o silêncio tomou conta do lugar, quando uma fraca luz verde foi acesa. Os olhos de Polly se arregalaram quando o Sr. Gum subiu a um palco de madeira bambo, sorrindo como um navio fantasma.

— Boa noite, cavalheiros — disse ele —, e bem-vindos ao meu brilhante espetáculo! Que maravilhosa noite de entretenimento e crueldade contra os animais temos para vocês esta noite! Cavalheiros, permitam-me apresentar-lhes o primeiro... o único... o incrível... Sr. Engraçado, o Urso Dançarino! Pode trazer, Billy! E cutuque as costelas dele um pouco, só por diversão!

Os marinheiros bradaram e gritaram enquanto Billy William empurrava Chorão brutalmente até o fraco foco de luz verde do holofote. Então, ali diante dos olhos e dos joelhos de Polly, o pobre animal foi forçado a erguer-se sobre as patas traseiras e obrigado a arrastar os pés tristemente pelo palco, preso por correntes de ferro, enquanto os marinheiros riam e resfolegavam, batendo palmas e cantando sua tradicional canção de marinheiros:

Dance por seu jantar!

Seu grandalhão feioso!

Dance aqui pros marinheiros!

E lá vai o vento soprando pra lá e pra cá

Com um tiro-liro-li

E um tiro-liro-lá!

Com um tiro-liro-li

E um tiro-liro-cá!

Sua criatura hilária

Dance um chá-chá-chá!

— Então é isso o que acontece a ursos que se perdem aqui no Mundo dos Homens — sussurrou Polly para si mesma. — São tratados como objetos para que zombem deles! Isso é um absurdo!

Lentamente, bem lentamente, os minutos se passaram. Chorão dançava e o Sr. Gum ria com desdém, enquanto Billy William passava seu chapéu sebento, gritando:

— Vamos lá, cavalheiros! Mostrem que gostaram do Sr. Engraxado, o Urso Dançarino! Muuuuuuuito bem! — incentivava Billy, e nisso a noite seguia e o chapéu ficava pesado de moedas de ouro. — Quero ver o dimdim pingar!

Polly esfregou os olhos, cansada. Aquele espetáculo infernal não ia terminar nunca? Mas eis que o chapéu chegou ao último marinheiro, e o show finalmente acabou. E com a aclamação da plateia ainda soando em seus ouvidos, os vilões empurraram Chorão por uma porta traseira que levava à noite enevoada.

— Certo — falou um carrancudo Sr. Gum no beco escuro atrás da taberna. — Vamos ver o que temos aqui. *Uma moeda de ouro no chapéu de um açougueiro* — contou ele. — *Duas moedas de ouro no chapéu de um açougueiro...*

Enquanto os velhacos contavam sua pilhagem sob o luar dançante, Polly foi na ponta dos pés até Chorão, que estava caído, exausto, sobre uma pilha de caixotes de madeira todos largados pelos paralelepípedos imundos.

— *Nove moedas de ouro no chapéu de um açougueiro... Dez moedas de ouro no chapéu de um açougueiro...*

O canto esganiçado do Sr. Gum se misturava ao quebrar das ondas na costa como em um sonho agourento.

— Chorão — sussurrou Polly —, eu deixei você na mão lá na praça, mas nunca farei isso novamente, juro!

— Mmph? — falou Chorão, sem forças.

O peito dele se inflava e desinflava de uma forma terrível, e Polly ficou horrorizada ao ver como ele estava frágil.

— Vamos lá, rapaz — sussurrou ela com urgência, soltando as correntes de ferro dos tornozelos do urso. — Vou tirar você daqui.

— *Vinte e três moedas de ouro no chapéu de um açougueiro... Vinte e quatro moedas de ouro no chapéu de um açougueiro...*

— Por aqui — disse Polly, tomando a enorme pata marrom de Chorão em sua mãozinha rosada, e então, juntos, eles partiram pelo beco na ponta dos pés.

— *Trinta moedas de ouro no chapéu de um açougueiro! Bem, pode até me chamar de gorducho se quiser, mas minha contagem terminou!* Trinta moedas de ouro, Billy — disse o Sr. Gum, triunfante. — Não é um mau começo, mas eu quero MAIS!

— Não se preocupe, Sr. Gum, meu velho Sr. Gum. — Billy William riu. — Temos muitas outras tabernas para visitar. E...Espere aí! — exclamou ele, farejando o vento com o nariz comprido e fino. — Parece o cheiro de urso escapando!

— O QUÊ?! — rugiu o Sr. Gum, seus olhos vermelhos sangue cintilando no luar. — Não acredito nisso! — rugiu ele novamente ao avistar Polly. — É aquela menininha intrometida! PEGUE ESSES DOIS!

— UUURRF!

Em seu desespero, Polly empurrou com toda a sua força uma grande pilha de barris, que saíram rolando pesadamente na direção dos vilões para derrubá-los em cheio. O chapéu voou da mão do Sr. Gum e todo o dinheiro que eles tinham ganhado saiu voando e rolando pelo beco até entrar direto pelas portas abertas de um orfanato.

— Obaaaaa! — gritaram os órfãos. — Agora podemos comprar um forno e finalmente comer pão de verdade em vez dessa massa crua horrível.

Obrigado, Sr. Gum, o senhor tornou nossas vidas muito melhores com sua generosidade!

— Ai, meus bigodes! — exclamou o Sr. Gum, enfurecido, pois odiava fazer boas ações, mesmo por acidente.

Em um piscar de olhos os vilões já estavam de pé e de volta à perseguição, mas Polly e Chorão já tinham chegado à beira do mar.

— Levantar âncoras — gritou uma voz adiante.

Através da neblina, Polly só conseguia distinguir um grande veleiro com mastros e cordame, exatamente como naquelas empolgantes histórias de aventura como **A ilha do tesouro** ou outras não tão empolgantes assim, como **A ilha**.

— Levantar âncoras! — gritou a voz novamente, enquanto o navio se preparava para partir.

Polly olhou para trás e viu o Sr. Gum e Billy correndo pelo beco na direção deles como as bolas de boliche mais fedorentas já nascidas. Não havia alternativa senão...

— Pule, Chorão, PULE! — gritou Polly, saltando para as costas peludas de Chorão, que, com o que restava de suas forças, mandou ver em um grande salto, cruzando o ar com as pernas abertas e mandando pelos para todos os lados.

BARULHO DE URSO!

Ele pousou pesadamente no convés do navio, que, no momento em que o Sr. Gum e Billy chegaram ao porto, já estava se afastando pelas águas turvas e sacolejantes.

⚓ ⚓ ⚓

— Eles não vão se livrar dessa! — gritou o Sr. Gum, saltando para dentro de um barquinho de pesca todo arruinado chamado *A Ostra Suja*.

Billy pulou para dentro logo depois dele, e ligou o motor. Nuvens intoxicantes de fumaça preta cresciam no ar da noite, e lá foram eles em uma perseguição implacável.

Mas por sorte a perseguição acabou não sendo tão implacável assim, porque o *Ostra Suja* estava

abarrotado de latas de cerveja contrabandeada. Em menos de dez minutos os vilões estavam completamente embriagados, completamente desorientados, completamente andando em círculos, completamente gritando um com o outro e completa e totalmente imprestáveis.

Polly e Chorão tinham escapado!

Capítulo 6

Capitão Brasil

— Içar a vela grande! Cinquenta graus a estibordo! Operar o cordame!

Deitados no frio do convés sacolejante, Polly e Chorão ouviam uma voz retumbante, que dava a impressão de ressoar por toda a superfície do mundo.

— Quarenta graus a norte! Manejar as carretilhas! Lamber as cordas!

As velas se agitavam e tremulavam à medida que o navio ganhava velocidade. E do meio da névoa surgiu um pequeno homem com um uniforme azul-marinho, seu peito estufado como uma melancia vaidosa. Seu cabelo grisalho estava todo penteado para cima e os olhos giravam alucinadamente nas órbitas, como se alguém estivesse jogando pinball dentro de seu cérebro.

— O que significa isso? — perguntou ele, caminhando pomposamente na direção de Polly e Chorão. — O que vocês estão fazendo a bordo do meu navio? Expliquem-se agora mesmo! Na verdade, não, não quero perder meu tempo escutando isso. Eu sou o Capitão Brasil... bem-vindos a bordo do *Cócegas de Córsega*!

Vejam bem, o Capitão Brasil era um capitão dos mares muito famoso. Em sua época, ele tinha sido agraciado com todo tipo de medalhas, e certa vez quase conhecera alguém que conhecia a rainha da Inglaterra. E ele tinha lutado em algumas das mais admiráveis batalhas marítimas, incluindo *A Incrível Batalha Marítima* (1962), *A Incrível Batalha Marítima II* (1963), *A Vingança da Incrível Batalha Marítima* (1966), *A Incrível Batalha Marítima Ataca Novamente* (1970) e *O Casamento da Incrível Batalha Marítima* (1978).

Sim, o Capitão Brasil era uma visão impressionante, com todas aquelas medalhas no peito e quase nenhuma sujeira de sopa no cabelo. Mas a questão é o seguinte: se você reparasse nas datas daquelas batalhas, perceberia que haviam sido todas muito tempo antes, quando o Capitão Brasil era um homem jovem, tão em forma quanto um unicórnio e muito mais real. E agora que ele estava velho e grisalho, diziam as más línguas que o Capitão Brasil tinha ficado maluco por causa de tantos anos no mar, e o pior é que elas tinham razão. Ele era um completo **PIRADO**.

— Certo — disse o Capitão Brasil a Polly, depois que o navio se afastara com segurança das docas e navegava em alto-mar, seguindo para as águas do futuro como apenas os navios são capazes. — Meninas não são permitidas a bordo do *Cócegas de Córsega*, isso é uma regra. Mas precisamos de um grumete, então receio que você terá que fazer o que todo mundo faz nas emocionantes aventuras marítimas: vai ter que se disfarçar de garoto e tentar me enganar. Mas tenha cuidado: eu não sou enganado facilmente. E, se eu encontrar alguma menina a bordo, você já era!

— Mas você já sabe que eu sou uma menina — falou Polly, confusa.

— Vá se disfarçar, isso é uma ordem! — exigiu o Capitão Brasil, seus olhos girando mais alucinadamente do que nunca. — E aquele urso tem que sumir também... embora estejamos procurando um gato para o navio — sugeriu ele.

Então Polly e Chorão se encaminharam para as cabines e cinco minutos depois saíram de lá completamente transformados. Polly vestia bermuda e camiseta e colara no rosto um bigode feito de um velho pedaço de rede de dormir. E ela tinha produzido umas orelhas triangulares para Chorão e pintado "MIAU" em sua barriga com piche.

— Boa noite — falou Polly.

— Você está falando como uma menina — disse o Capitão Brasil, desconfiado. — Trate de deixar essa voz mais grave.

— Boa noite, capitão — tentou Polly novamente, com a voz mais grave e rouca que ela conseguia produzir. — Meu nome é Harry Edwards. Sou um garoto desde que nasci e sempre faço xixi de pé, porque não sou uma garota nem nada. E este aqui é o Ronroneiro Mulligan — disse ela, apontando para Chorão. — O mais que melhor dos melhores de todos os gatos da cidade de Londres. Ele captura ratos como ninguém e definitivamente não é um urso.

— Ora, ora — disse o Capitão Brasil alegremente. — Que golpe de sorte! Cá estávamos nós, procurando um grumete e um gato para o navio... e agora achamos um de cada. Bem-vindos a bordo! Agora sumam daqui, seus trastes, e vão pedir um pouco de comida ao cozinheiro.

🦐 🦐 🦐

Mas, assim que os dois tinham sumido, o Capitão Brasil coçou o queixo, pensativo.

— Hum. — Ele franziu a testa. — Tem alguma coisa me cheirando não muito bem nesse tal de "Harry Edwards". Ele fala como um garoto e anda como um garoto... mas tenho minhas suspeitas. E quanto àquele "gato" dele, bem, eu não sei mesmo se aquilo é realmente um gato. É melhor eu ficar de olho bem aberto com esses dois. Ninguém faz o Capitão Brasil de bobo!

Esse homem é um completo **PIRADO**!

Capítulo 7
A vida no mar

O perar o cordame! Esfregar o convés! Içar a vela grande! Fazer alguma coisa com alguma corda! Fritar o bacon! Comer o bacon! Dizer "hum, que bacon gostoso"! Tocar acordeão! Parar de tocar acordeão! Ficar sentado sem fazer nada por um tempinho! Fazer palavras cruzadas! Tropeçar em um balde e gritar "ai"! Subir no mastro com a desculpa de procurar baleias mas na verdade dar um jeitinho de dormir! Fazer mais alguma coisa com alguma corda!

Toda manhã o Capitão Brasil emitia seus comandos e toda manhã os marinheiros corriam de um lado para o outro fazendo tudo que ele mandava. Pois, apesar de ele ser doido de pedra, os homens do Capitão Brasil o amavam como a um irmão, especialmente um dos tripulantes chamado Pernas-Longas Henderson, que de fato *era* seu irmão.

Além disso, de forma geral a vida a bordo do *Cócegas de Córsega* era bastante agradável. Polly era tão boa em suas tarefas quanto um grumete de verdade e logo se tornou muito útil, polindo o nariz do capitão, remendando antigas velas com agulha e linha e buscando suprimentos no depósito para o cozinheiro. O único problema surgiu quando lhe disseram para dar uma nova demão de tinta na borda falsa.

— O que é isso? — gritou o Capitão Brasil ao examinar a obra de Polly.

Ela tinha pintado a borda falsa com um meigo tom cor-de-rosa e ainda por cima decorado com coraçõezinhos vermelhos, purpurina e adesivos de pôneis.

— Você por acaso é uma menina disfarçada de menino, Harry Edwards? — perguntou o capitão, desconfiado.

— Oh, não — respondeu Polly, com sua voz mais rouca, se martirizando por ter cometido um erro tão estúpido. — Claro que não, capitão.

— Pois é melhor você não ser — murmurou o pequeno homem, se aproximando tanto dela que Polly pôde ver o próprio rosto refletido no nariz bem polido do capitão. — Ninguém faz o Capitão Brasil de bobo!

Ainda assim, o resto da tripulação não suspeitava de nada e eram todos de uma forma geral bastante gentis com Polly. O imediato, um sujeito alegre de barba branca que atendia pelo nome de Nimpy Esmaga-Janela, tinha desenvolvido uma predileção especial pelo novo grumete, e passava horas ensinando a Polly todos os truques do mar — como saber em que direção você estava indo com um simples palpite, o que "içar a vela grande" realmente significava (absolutamente nada) e como descobrir se a água estava fria empurrando alguém na água e perguntando se estava fria.

E quanto a Chorão, ou "Ronroneiro Mulligan", como os marinheiros o conheciam, ele não era um gato muito bom para o navio, pois nunca, nem uma única vez, conseguira pegar um rato — mas já não parecia mais tão choroso agora. Talvez a brisa marinha estivesse lhe fazendo bem.

E assim o *Cócegas de Córsega* seguia navegando, por belos céus azuis e por terríveis tempestades, por mares tão calmos como um lenço recém-nascido e mares tão bravos quanto uma banda de heavy metal presa em um elevador. Eles contornaram o Cabo da Boa Esperança, pegaram o oceano Índico e passaram por Michael Encaracolado, a perversa serpente marinha que vive perto da costa de Madagascar, aterrorizando os navios passantes com suas histórias entediantes sobre algas. E, quando os dias foram se transformando em semanas, Polly começou a sentir que as coisas dariam perfeitamente certo.

— Sabe — disse ela a Chorão certa noite de calor tropical, enquanto os golfinhos sopravam seus trompetes e o sol afundava lentamente no oeste —, tudo acabou correndo muito bem. Não sei aonde esse navio está indo, mas creio que em breve vamos devolvê-lo ao Reino das Feras, onde você vai poder voltar a passear por aí livre, leve, solto e peludo. E o melhor de tudo é que conseguimos escapar de vez do Sr. Gum — continuou ela. — Pode anotar o que eu digo, Chuchu, ele não vai mais nos incomodar.

Capítulo 8

Dois homens em um barco

O Sr. Gum estava de pé no convés oleoso do *Ostra Suja*, resmungando com tudo em volta. Não que houvesse muita coisa com que ele pudesse resmungar — apenas aquele bocadinho d'água, uma coisica de nada de céu e uma linha entre os dois chamada "horizonte", que Deus tinha colocado ali para impedir que o céu se molhasse.

— Ai, meus bigodes — resmungou o Sr. Gum pela milésima vez desde que saíra de Lamonic Bibber.

Ele e Billy estavam à deriva no mar fazia semanas, agora praticamente mortos de fome, de sede e basicamente imundos. Toda a cerveja tinha acabado havia muito tempo, o motor estava estraçalhado por causa de um jogo que eles tinham inventado chamado "Vamos Estraçalhar o Motor" e os dois estavam cobertos dos pés à cabeça de queimaduras de sol, mordidas de mosquito e verrugas.

— Ai, meus bigodes — resmungou o Sr. Gum pela milésima primeira vez desde que saíra de Lamonic Bibber. — Estou totalmente de saco cheio dessa história de ficar flutuando por aí a quilômetros de distância de casa. Que chateação essa coisa toda!

— E eu estou de saco cheio de ser mordido por coisas — reclamou Billy, esfregando uma ferida em seu braço, onde uns plânctons o tinham atacado.

— Pois é — concordou o Sr. Gum, fazendo uma careta —, mas o pior é que eu estou ficando faminto. Você não tem mais nenhuma víscera seca, Billy?

— Sinto muito, Sr. Gum, meu velho colete salva-vidas — disse Billy. — Você devorou o último pedaço hoje de manhã. Poderíamos tentar pegar alguns peixes — sugeriu ele. — Veja, aqui tem uma vara de pescar e tudo o mais.

— Bah, não vou perder meu tempo com isso, parece dar muito trabalho. — rosnou o Sr. Gum, quebrando a vara de pescar sobre o joelho e arremessando os pedaços no oceano.

— E agora, o que vamos fazer? — choramingou Billy. — Vamos morrer de fome desse jeito.

— Sinto muito, Billy, minha velha carne assada, mas não me resta saída — falou o Sr. Gum. — Vou ter que comer você para sobreviver. Arranque suas pernas para nós, por favor.

Billy estava prestes a começar a serrar sua velha perna podre quando, de repente, avistou uma ilha adiante, lampejando e cintilando sob o escaldante sol do Pacífico Sul.

— Terra! Terra! — gritou ele. — Estamos salvos!

E juntos os vilões dançaram por todo o convés, bradando e rugindo em imunda satisfação enquanto a ilha se aproximava.

Capítulo 9

Descobertos!

*E*ra noite e o *Cócegas de Córsega* velejava suavemente pelas águas claras e calmas, sob o olhar atento de uma lua cheia prateada pendurada no céu como uma enorme bala de fruta. Lá embaixo do convés, Polly acordou com a sensação estranha de que havia algo errado. Silenciosa como um abacate, ela desceu de sua rede, abriu a porta da cabine e subiu até o convés.

— Vá com calma — sussurrou Polly para si mesma enquanto espreitava pelo convés, tomando cuidado especial para não sair de sob as sombras.

Ela sabia qual era a punição para quem fosse encontrado no convés depois de escurecer — cócegas, e muitas. Ah, sim, isso não parece tão ruim, e no começo era até bastante divertido. Mas na semana anterior ela tinha visto o Capitão Brasil fazer tantas cócegas em um homem que os dois pulmões do sujeito tinham saído por suas narinas, foi horrível.

E agora Polly podia ouvir bem de longe risadas e a música de um acordeão vindo do lado mais afastado do convés, atrás de um daqueles enormes funis que todo navio tem, embora ninguém saiba para que servem. Enquanto seus ouvidos se acostumavam à escuridão, ela começou a distinguir a letra de uma canção de marinheiros...

Dance por seu jantar!

Seu grandalhão feioso!

Dance aqui pros marinheiros!

E naquele momento Polly soube de imediato o que encontraria atrás do enorme funil.

— Ah, Chorão — lamentou-se ela —, eles o obrigaram a dançar de novo para poderem rir de você. Pobre criatura — exclamou ela, atravessando correndo o convés —, nem mesmo aqui no mar você está livre do terrível Mundo dos Homens e de seus atos malignos!

E lá vai o vento soprando pra lá e pra cá

Com um tiro-liro-li

E um tiro-liro-lá!

Com um tiro-liro-li

E um tiro-liro-cá!

A música e a cantoria ficavam mais altas à medida que Polly se aproximava do funil, até que...

— Ei! Marujos! — gritou ela, irrompendo na cena que ela mais receava presenciar.

Pois lá estava Chorão, de pé sobre as patas traseiras, chorando e sacolejando tristemente ao som do acordeão, enquanto, à sua volta, os marinheiros o ridicularizavam e o cutucavam com suas famosas Varetas de Marinheiro.

— Parem com essa crueldade agora mesmo! — ralhou Polly, se enfiando no meio da roda.

— Vejam, é o pequeno Harry Edwards, o grumete! — zombou um sujeito velho e malvado chamado Brendan Estala-Queixo, cujos braços musculosos eram totalmente cobertos por tatuagens de punhos e ambulâncias. — Que história é essa de você vir atrapalhar nossa diversão? Só queremos ver o gatinho dançar!

— Isso aí, ele é o melhor gato dançarino que já tivemos nesse navio — concordou um outro sujeito.

— Pois sinto dizer que ele não está aqui para divertir vocês com dancinhas! — disse Polly impetuosamente. — Deixem Chorão... quer dizer, Ronroneiro Mulligan em paz!

— Já chega — rosnou Brendan Estala-Queixo, e, socando o próprio rosto duas vezes (uma para praticar e outra porque gostava daquilo), ele se lançou na roda, rosnando como um furação de cabelo ensebado.

— MMPH — grunhiu Chorão, dando um passo à frente para proteger Polly, suas garras cintilando ameaçadoramente ao luar.

— Sangue! Sangue! Sangue! — cantaram os marinheiros avidamente. — Hoje vai rolar sangue na água!

Brendan Estala-Queixo e Chorão ficaram girando um de frente para o outro, lentamente, dois concorrentes presos em um jogo mortal de Homem Contra Urso Disfarçado de Gatinho...

Mas antes que algum dos dois pudesse desferir o primeiro golpe, o Capitão Brasil chegou e avançou resoluto para dentro da roda, tendo sido acordado de seu sono por toda aquela baderna no convés.

— Parem com essa palhaçada agora mesmo! — vociferou ele. — Içar a vela grande! Cinquenta graus a norte! Não vou tolerar essas bobagens em meu navio! Quem é o responsável?

— Foi Harry Edwards — disse Brendan Estala-Queixo. — Foi ele que começou, capitão!

— É — concordaram os outros —, foi Edwards e a bola de pelos dele!

— Já estou farto disso — disse o Capitão Brasil, segurando Chorão pelas orelhas, que, no entanto, se soltaram da cabeça do urso e ficaram na mão do capitão.

E, com a remoção do brilhante disfarce de gato, o Capitão Brasil finalmente descobriu a verdade nua e crua sobre o urso nu e cru.

— Pelo trenzinho de brinquedo subaquático do rei Netuno! — rugiu ele. — Pelos tubarões de madeira do Mar de Mogno! Isso não é um gato mas nem de longe, é um URSO! E esperem um minuto — exclamou ele, saltando para a frente e arrancando o bigode falso do rosto de Polly. — Arrá! — gritou o capitão em triunfo. — Você nem de longe é um garoto, é uma MENINA! Achou que podia me enganar, hein? Pois agora vai sofrer as consequências!

— M-mas você não se lembra? — protestou Polly enquanto o capitão avançava em sua direção arregaçando as mangas. — Foi você que nos disse para usar os incríveis disfarces!

— Por que cargas-d'água eu lhes diria para fazer algo assim? — perguntou o Capitão Brasil, confuso, seus olhos girando como patinadores no gelo. — Isso seria insano! Agora prepare-se para levar cócegas até seus pulmões saírem pelas narinas!

— Não, capitão! Você não pode fazer isso! — gritou o bondoso Nimpy Esmaga-Janela, o imediato. — Ela é tão boa quanto qualquer garoto! Tenha piedade, capitão, por favor!

— Hum — falou o Capitão Brasil, esfregando a perna enquanto refletia. — Nimpy, você é um bom imediato e seu nome me faz rir. Além disso uma vez você me salvou de ser comido por um camarão. Talvez eu devesse lhe dar ouvidos.

Após uma pausa, ele continuou:

— Muito bem, não vou fazer cócegas nela... mas ela ainda será punida. Homens! — bradou o Capitão Brasil. — Avisem a todos que ao nascer do sol ela e o urso serão levados à prancha e serão deixados à deriva no azul do oceano!

Capítulo 10

Em que ela e o urso são levados à prancha e deixados à deriva no azul do oceano

altavam três minutos para o nascer do sol.

Polly e Chorão estavam sentados, tremendo, sobre uma prancha de madeira pouco maior que um colchão que balançava de leve sobre as ondas. Bem acima, no convés do *Cócegas de Córsega*, o Capitão Brasil e seus homens olhavam para os dois. Alguns dos homens balançavam a cabeça tristemente. Nimpy Esmaga-Janela chorava. Brendan Estala-Queixo estava debruçado sobre a borda falsa, fazendo caretas rudes e tentando escarrar na cabeça de Chorão.

— Harry Edwards e Ronroneiro Mulligan — falou o Capitão Brasil gravemente. — Vocês acharam que podiam me fazer de bobo, mas os bobos são vocês, seus bobos. Daqui a três minutos o sol vai nascer e vou cortar a corda que amarra a prancha ao navio. Na verdade, não vou nem esperar, vou fazer isso agora mesmo.

SHHUICK!

Com um golpe firme de sua espada, o Capitão Brasil cortou a corda.

— Não! — gritou Polly.

— MMPH! — disse Chorão.

Uma enorme onda quebrou, varrendo a prancha e a carregando para longe do navio em um único golpe molhado. A água salgada fazia os olhos de Polly arderem e, em Chorão, se misturava às lágrimas que escorriam pelo seu rosto.

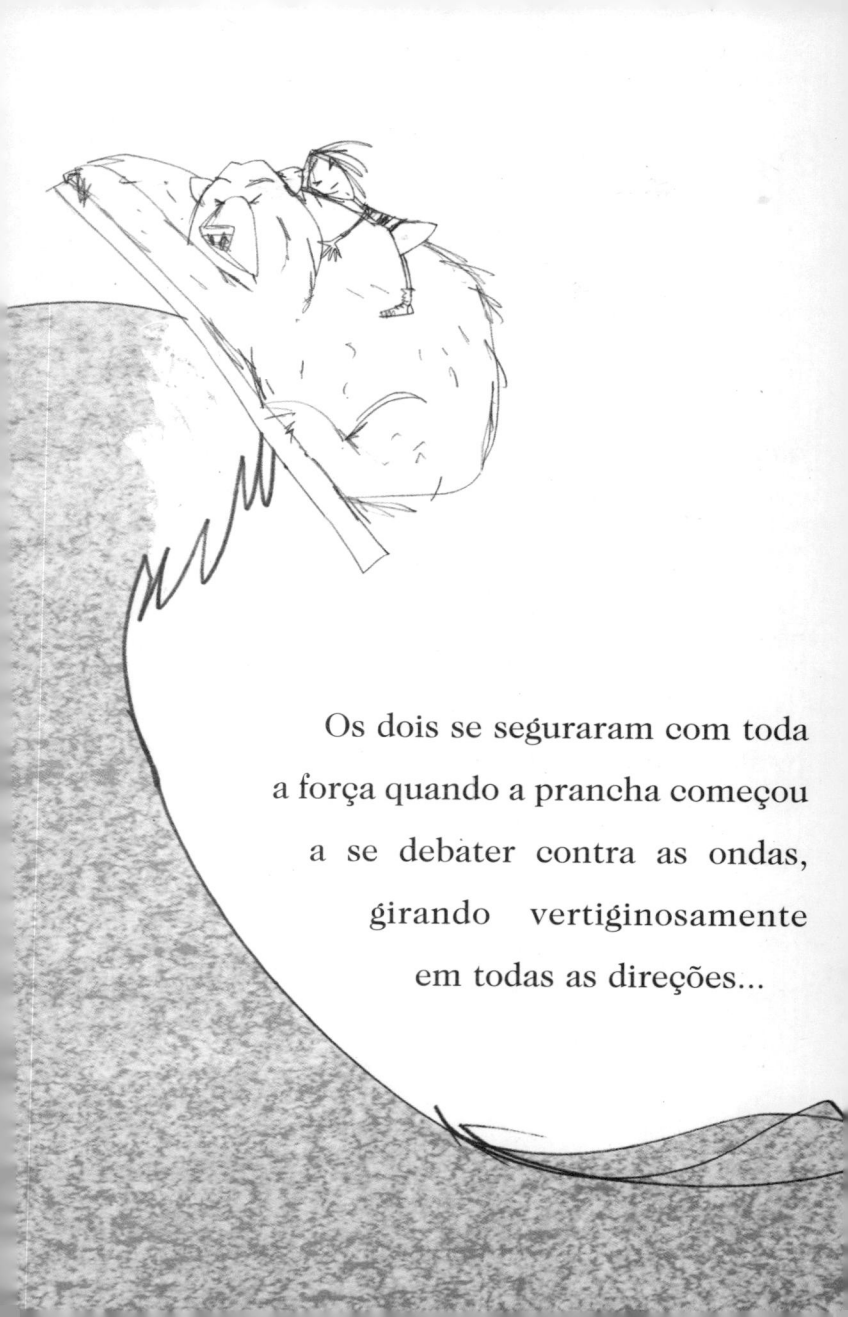

Os dois se seguraram com toda a força quando a prancha começou a se debater contra as ondas, girando vertiginosamente em todas as direções...

SSSSSHHHHHHHHHHHHHHHUUUUUUUSSSSSSSSSHHHH.

— Nãããooo! — gritou Polly. — Você não pode fazer isso com a gente, capitão!

Mas ele já tinha feito.

Aos poucos a prancha foi sendo levada cada vez para mais longe do navio.

Logo o *Cócegas de Córsega* era apenas um pontinho no horizonte.

Até se perder de vista completamente.

SSSSHHHHHUUUUUUSSSSSHHHH.

SSSSUUUUUUSSSSSHHHH.

SUUUSSSSSShhhhhhhh.

À deriva no ondular do oceano, tendo apenas um urso como companhia.

Nada a fazer.

Nada para ver.

Só o grande mar azul.

E o grande céu azul.

Estendendo-se até onde os olhos podiam ver...

Só o grande mar azul.

Grande céu azul.

Grande nada azul.

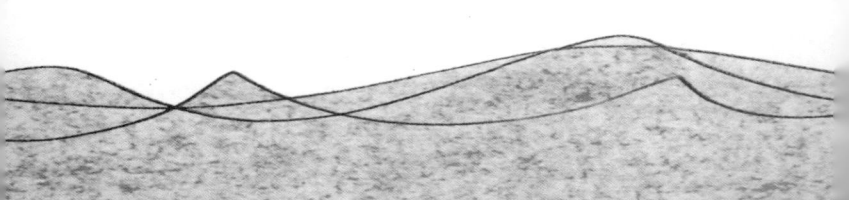

E os pobres Polly e Chorão presos ali, no meio disso tudo, flutuando através do universo em uma prancha pouco maior que um colchão.

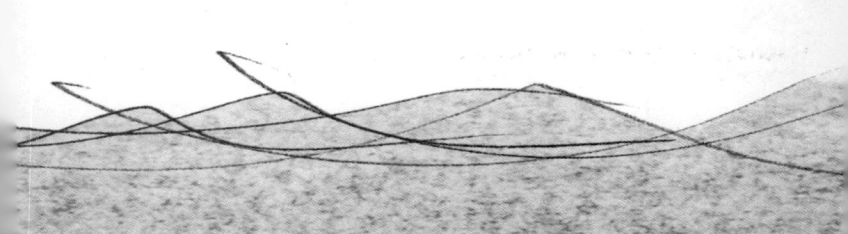

Suuuuuushshssh.

— SOCORRO! — gritou Polly.

Mas quem estava ouvindo?

— GRRRMPH! — choramingou Chorão.

Mas quem poderia responder?

Não o céu.

Não o mar.

Não as nuvens.

À deriva, à deriva no grande e gordo azul.

SUUUSSSSShhhhhhhh.

— Caramba, estou ficando magro — disse Chorão, passando as patas por sua caixa torácica.

UUUUUUIIIIIRRRRRRR BOING!

Sede e fome.

Sede e fome.

Polly estava começando a ficar maluca.

Será que Chorão realmente estava falando ou
ela tinha apenas imaginado?

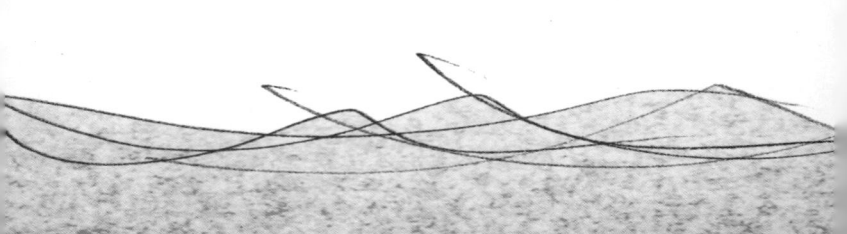

SUUUSSSSShhhhhhhh.

Centenas de **_Pequenos Leopardos Crocantes_** passaram por ali, dentro de um boné de carteiro que boiava no oceano, rindo e brincando de jogar água uns nos outros.

— Olhe só isso — disse Chorão, tirando a própria cabeça e usando-a como bola de futebol. — Ha ha ha, hi hi hi!

SUUUSSSSShhhhhhhh.

SUUUSSSSShhhhhhhh.

Um peixe saltou da água e foi subindo vertiginosamente no céu, onde explodiu em uma chuva de cavalos-marinhos cacarejantes, todos parecidos com Billy William III. Uma sardinha com o rosto do Sr. Gum passou nadando, assistindo a *Saco de Varetas* em uma TV à prova d'água.

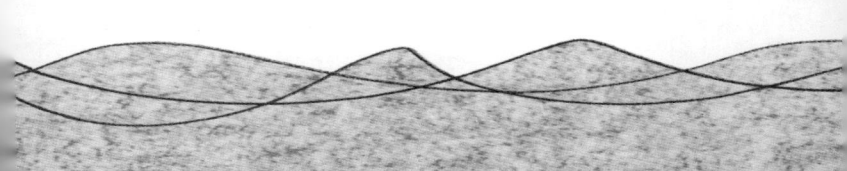

— Ai, minha barbatana dorsal — murmurou a sardinha. — Quem poderia imaginar que ser uma sardinha era tanta chateação?

SUUUUUSSSSH.

O mundo estava virando de cabeça para baixo.

Polly provou a água salgada, viu o céu desmoronando ao seu redor. Chorão se transformava no nariz do Capitão Brasil várias e várias vezes sem parar.

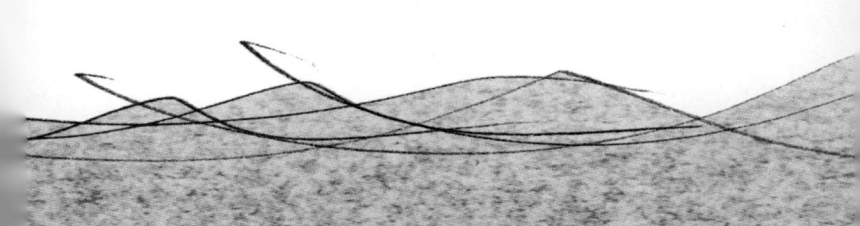

Será que Polly estava sonhando? Será que estava acordada? Será que estava dormindo? Será que estava em algum lugar no meio do caminho entre acordada e dormindo?

Ela olhou para baixo e viu que suas mãos tinham se transformado em patas de urso.

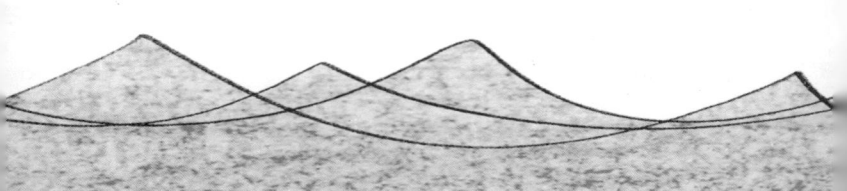

UUUUUIIIIIIIRRRRRRIBOING!

Estava ficando maluca.

Sssssuuuushhhhh.

Sssuuhsssh.

O grande mar azul.

Sssuuhsssh.

Imagens vagavam na cabeça de Polly. Chorão estava segurando um balão de brinquedo. Segurando um balão vermelho engraçado com uma corda amarela engraçada, lá lá lá!

— Posso brincar um pouco? — perguntou Polly, mas Chorão tinha sumido.

Aonde ele tinha ido?

Ele estava subindo pela corda, lá lá lá!

Subindo a corda e desaparecendo no ar como um sonho peludo...

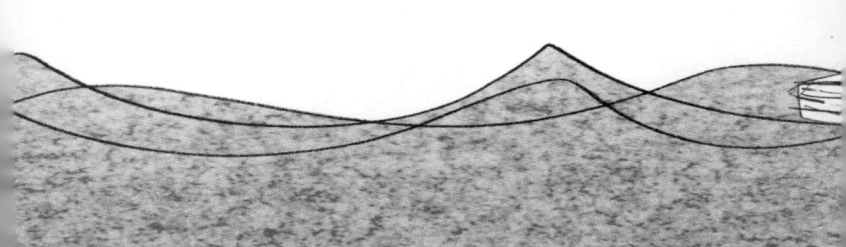

Olhe para cima, Polly, olhe para cima!

— AQUI EM CIMA, POLLY! — gritou uma voz lá do alto. — OLHE PARA CIMA!

— O quê? Do que você está falando, voz misteriosa? — perguntou Polly, sonolenta.

— OLHE AQUI PARA O CÉU!

— Ah, o céu! — Polly riu. — Chorão desapareceu aí em cima, veja que coisa.

Ela soltou uma risadinha.

— **Segure a CORDA, Polly!** — gritou a voz.

Lentamente Polly olhou em volta. Ela ainda estava totalmente sozinha.

Mar azul.

Céu azul.

Uma corda amarela.

Céu azul...

Espere aí.

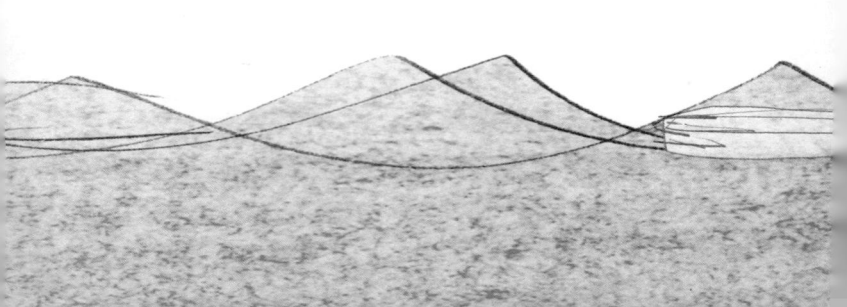

Uma corda amarela?

Os olhos de Polly seguiram a corda subindo no céu e lá estava ele. Então não era um balão de brinquedo afinal de contas! Era um esplêndido balão de ar quente vermelho com

SABORES DA DESCOBERTA

pintado na lateral em letras verdes e douradas.

— Sr. Baleia! — guinchou Polly, sem poder acreditar. — Mas o que o senhor está fazendo aqui?!

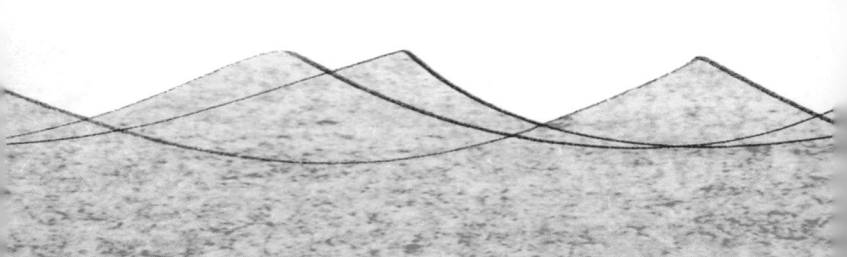

— Vamos lá, Polly! — berrou Jonathan Baleia. — Chorão já conseguiu — disse ele, apontando para o urso de pé ao seu lado no cesto. — Agora é a sua vez. Suba!

— Acho que eu não consigo! — gritou Polly. — Estou muito fraca!

Mas ela já tinha segurado a corda e já estava — lentamente, lentamente — se arrastando para cima, Jonathan Baleia a incentivando durante todo o tempo:

— É isso aí, é isso aí! Você está indo maravilhosamente bem!

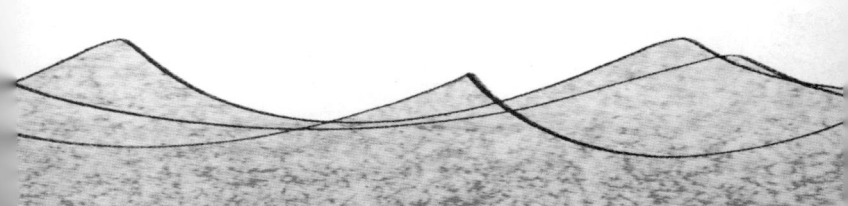

Cada músculo no corpo de Polly doía agonizantemente enquanto ela subia a corda, e a certa altura ela olhou para baixo e viu uma família de tubarões arrumando uma mesa de jantar com garfos e facas, esperando que ela caísse...

Mas será que Polly era o tipo de menina que desistia? Sim, ela era, quer dizer, não, não era. Ela alçou o corpo para cima, subindo pelo céu como um dinossauro lutando para reverter a extinção.

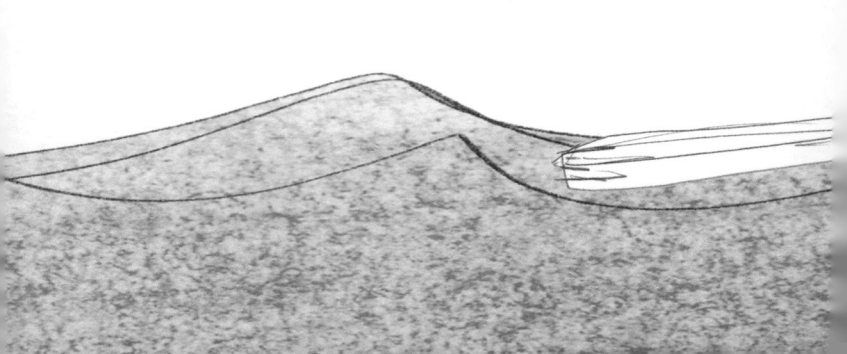

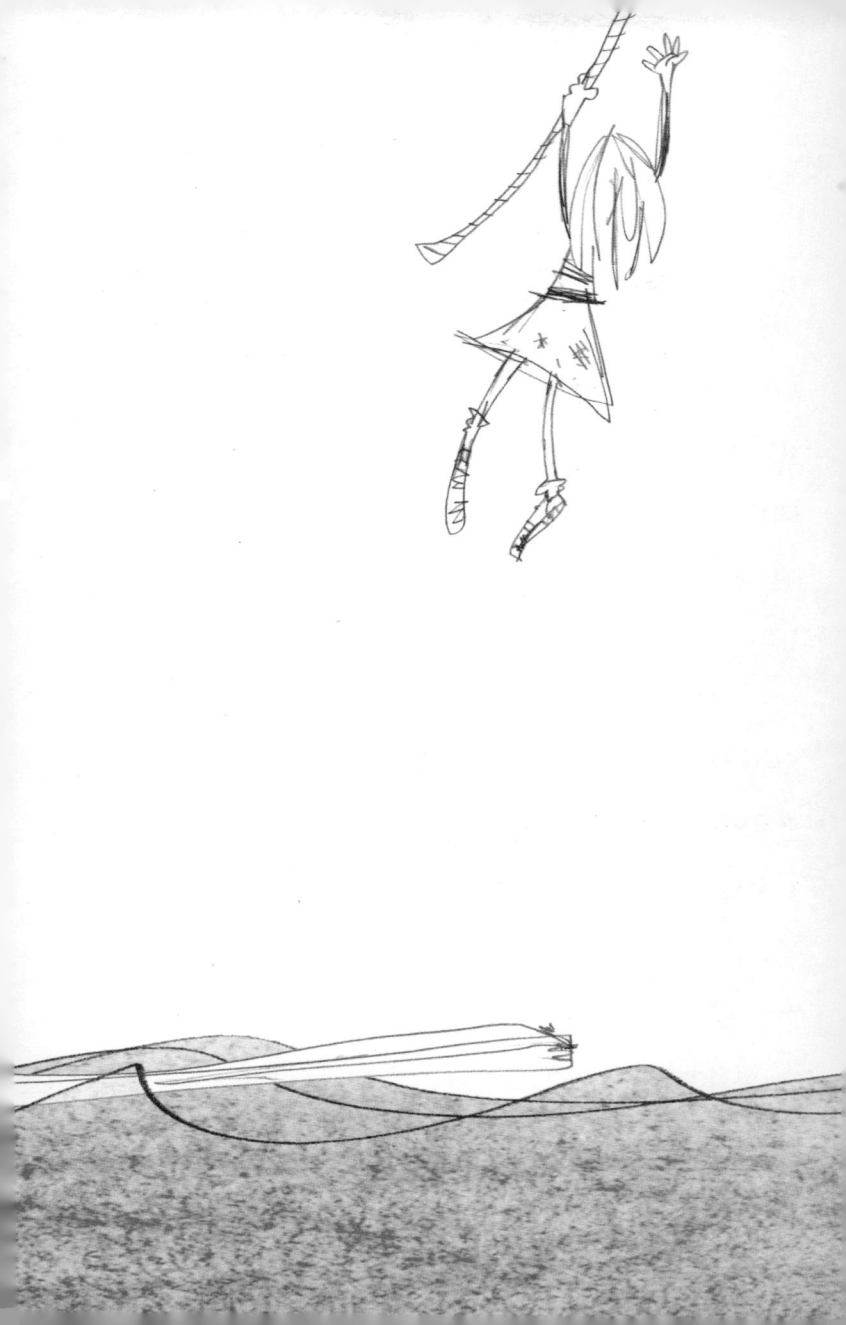

Ela subiu e subiu. Até que, por fim, chegou ao fim da corda. Jonathan Baleia a ajudou a entrar no cesto superlotado. Como aquilo estava apertado! Mas ela estava a salvo.

🐦 🐦 🐦

— Oh, Sr. Baleia — disse Polly, meio desmoronando contra as pernas peludas de Chorão. — Não tenho... não tenho palavras para agradecer...

— Shh — fez Jonathan Baleia, gentilmente.

— Coma primeiro, depois vamos conversar.

Experimente um pouco de sushi — sugeriu ele, oferecendo a Polly uma bandeja de peixe cru com arroz. — É a minha mais recente descoberta em termos de petiscos, lá do Japão.

— Mas... mas... como é que o senhor nos achou, Sr. Baleia? — perguntou Polly, mordiscando a horrenda guloseima.

— Sabe, foi bem estranho — disse Jonathan Baleia, dando uma mordida em uma samosa de vegetais que ele tinha encontrado no banco de um parque na Índia. — Eu estava voando para o norte à procura do meu mais novo petisco, mas ontem à noite tive um sonho muito esquisito. Tinha um menininho rindo em um mar de cores, e ele dizia:

"Olá, Jonathan Baleia. Legal o seu balão de ar quente. Olhe, eu sei que descobrir novos petiscos é muito importante, mas tenho um trabalho ainda mais importante para você. Amanhã você deve virar seu balão na direção totalmente oposta e encontrar alguns amigos meus que estão em apuros. Adeus por agora!"

— Então hoje de manhã eu virei o balão na outra direção e lá estavam vocês — continuou Jonathan Baleia. — Deve ser só uma coincidência — falou ele, rindo —, afinal de contas, foi apenas um sonho.

Mas Polly sabia que não era apenas um sonho.

— Não, grande e largo senhor — disse ela de forma solene —, o senhor estava destinado a nos encontrar. Pois ontem à noite o senhor foi visitado em seu sono por ninguém menos que o Espírito do Arco-Íris.

— O Espírito do Arco-Íris? — Jonathan Baleia soltou uma risada, mordendo um burrito que ele tinha descoberto lá pelas bandas do México. — Nunca ouvi falar desse cara. Sinto lhe dizer, Polly, mas acho que você ficou um pouco maluca da cabeça depois de todo esse tempo no mar!

Capítulo 11
Para a ilha

Ah, aqueles dias navegando não através dos mares, mas através do brilhante céu azul no balão de Jonathan Baleia! Foram dias belos, dias mágicos, dias maravilhosos, místicos, zam-zísticos! E as noites também foram bastante zam-zísticas, só que um pouco mais escuras.

— Como eu amo estar aqui em cima — falou Polly, enquanto eles faiscavam e neviscavam através das risonhas e sorridentes nuvens. — É como um sonho!

— Mas é ainda melhor do que um sonho — disse Jonathan Baleia, soltando uma risada —, porque temos todos esses deliciosos petiscos que reuni antes de resgatar vocês. Vai mais um yum-yum de batata com carne de jumento lá da China?

— Hum, agora não, obrigada — respondeu Polly, que na verdade não gostava muito dos yum-yums de batata com carne de jumento. Eram muito batatudos para o seu gosto.

Até mesmo Chorão começou a parecer um pouco mais feliz durante aquele tempo. Ele passava dias inteiros com as patas apoiadas na beirada do cesto, olhando para baixo na direção do mar cintilante que passava correndo, ou fazendo caretas engraçadas para divertir os albatrozes e gaivotas que giravam em vertiginosos arcos em volta do balão.

— Puxa, acho que finalmente estamos vendo o verdadeiro Chorão. — Polly sorriu. — Eu nunca

o vi curtindo a vida dessa forma, Sr. Baleia. O pelo dele está até começando a crescer de novo e tudo.

Mas toda noite, quando o sol descia e o céu ardia em laranja e dourado e vermelho, Polly se via pensando em Lamonic Bibber, a cidade que ela conhecia e chamava de Lamonic Bibber.

— O que será que Sexta-Feira O'Leary está fazendo nesse exato momento? — dizia ela, suspirando com ar saudosista. — Eu não o vejo há séculos.

Ou:

— Estou realmente com saudades da Vovó Velha. Ela e seu precioso xerez! E quanto ao pequeno Alan Taylor? Como será que ele está se saindo na Santo Pterodátilo?

Então certa noite ela perguntou:

— Quando voltaremos para Lamonic Bibber, Sr. Baleia?

Ela se preparava para se deitar ao lado de Chorão, que sempre a mantinha aquecida e segura e cheirando um pouco como um urso.

— Se meus cálculos estão corretos, estaremos lá amanhã de manhã — respondeu Jonathan Baleia, estudando seu mapa e tomando de canudinho uma vitamina de kiwi com leite que ele tinha arranjado na Nova Zelândia.

E aquela noite Polly foi dormir com um sorriso satisfeito no rosto, sonhando que estava de volta a sua casa na colina Boaster com Jake, o cachorro, se fazendo passar por cavalo ou nave espacial.

※ ※ ※

Mas na manhã seguinte, Jonathan Baleia parecia preocupado.

— Infelizmente meus cálculos não estavam corretos. Veja, Polly — disse ele, apontando para uma mancha laranja em seu mapa. — Achei que isso fosse a Inglaterra, mas na verdade era um pouco do molho do frango *tikka* que derramei uma noite dessas.

— Então onde o senhor acha que estamos? — perguntou Polly.

— Bem, de acordo com meus novos cálculos, que são baseados em países e não em manchas de comida — respondeu Jonathan Baleia —, estamos indo na direção errada há dias. Estamos em algum lugar sobre o Pacífico Sul, que fica a quilômetros de qualquer lugar. Acho que é melhor pousarmos na próxima ilha que virmos e abastecermos o balão de petiscos.

Então Polly ficou de vigia esperando ver terra firme e naquela mesma manhã avistou uma pequena ilha, posicionada no meio do oceano como um croûton em uma tigela muito, muito,

muito, muito, MUITO grande de sopa de peixe. A ilha estava coberta por uma vegetação tropical exuberante com praias de areia de um dourado quase branco na costa, e parecia realmente muito convidativa.

— Terra! — gritou Polly. — Vamos pousar!

— Pense em todos os petiscos apenas esperando para serem descobertos ali — disse Jonathan Baleia enquanto manobrava o balão habilidosamente na direção da ilha. — Muito cuidado, muito cuidado — murmurou ele, concentrado, o suor escorrendo por seu rosto gorducho. — Polly, recolha a corda, por favor. Não queremos que fique emaranhada nas copas das árvores.

Polly observava admirada enquanto J.B. os levava até as areias deslumbrantes.

— Mmph — falou Chorão, pulando sem parar de tanta animação. O cesto de vime começou a balançar de um lado para o outro. — Mmph, MMPH!

— Controle o urso, por favor, Polly! Ele está nos tirando do rumo! — gritou Jonathan Baleia em desespero enquanto o balão descia.

— Chuchu, Chuchu! — tentou Polly. — Acalme-se, rapaz, acalme-se!

— MMPH! — continuou Chorão. — MMPH!

Os saltos de Chorão só pioravam, e o cesto estava se inclinando para o lado...

SHHHHUUUUUUUFFF!

Uma grande lufada de vento os pegou por baixo e o balão foi levantado muito acima da praia e jogado sobre as copas verde-escuras das árvores.

O mundo era um tombo em verde, vermelho e marrom... Eles colidiram contra os galhos, petiscos voando para todo lado — gulache, cachorros-quentes, macarrão Pad Thai... Um papadum mortal passou zunindo perto da orelha de Polly e atravessou um tronco de árvore, partindo-se ao meio.

— Polly! — gritou Jonathan Baleia desesperadamente quando os dois foram jogados para fora do cesto e voaram para o chão. — AGARRE MINHAS BANHAS! AGARRE MINHAS BANHAAAAAAS!

E então tudo ficou escuro.

Era início da tarde quando Polly recobrou os sentidos. Ela estava coberta de arranhões e pedaços de yum-yum de batata com carne de jumento, mas, afora isso, parecia ilesa.

Algo macio devia ter amortecido sua queda — e, olhando para baixo, ela viu o que tinha sido: estava deitada sobre a barriga de Jonathan Baleia.

— Oh, seu grande e corajoso glutão — bradou Polly, saindo de cima dele e ajoelhando a seu lado. — O senhor está bem?

— Preciso... pousar o balão... — gemeu Jonathan Baleia, os olhos fechados com força de tanta concentração. — Mantenha aquele... urso... sob controle ou vamos... cair!

— Nós já caímos, senhor — disse Polly delicadamente.

Com isso, Jonathan Baleia abriu os olhos e viu a verdade naquela declaração. Seu adorável balão vermelho, que ele tinha se esforçado tanto para construir com suas próprias mãos gorduchas, pendia em trapos das copas das árvores, todo esfarrapado e rasgado, balançando de leve na brisa como uma formiga murcha.

— E quanto... aos... petiscos? — perguntou ele, amedrontado. — Diga... diga que os petiscos... estão bem, Polly.

Polly virou o rosto, incapaz de olhar nos olhos esperançosos e suplicantes de Jonathan Baleia.

— Infelizmente... bem, infelizmente os petiscos não resistiram — disse Polly, baixinho. — Sinto muito, senhor.

— NNÃÃÃÃÃÃÃÃÃÃÃOOOOOOOOOOOO!

O rugido de angústia de Jonathan Baleia ecoou pela floresta, sacudindo as árvores e samambaias até suas raízes. Mas depois de algum tempo o enorme homem conseguiu se recompor.

— Bem, petiscos vêm e vão, não é mesmo? — disse ele, levantando-se e sacudindo a poeira do corpo. — O importante é que estamos bem.

— Sim — falou Polly, tensa —, mas, Sr. Baleia, Sr. Baleia, e quanto a Chorão? Ele não está em lugar algum!

Capítulo 12

A caçada a Chorão

— Opa, quer dizer, ali está ele — disse Polly. — Ali junto daquela folha. Eu não o tinha visto.

Capítulo 13
Explorando a ilha

— Bom, todos estão basicamente bem — disse Jonathan Baleia alegremente. — Vamos ver o que esta ilha tem para oferecer no que diz respeito a petiscos.

Sim, aquela era uma Expedição Oficial de Jonathan Baleia para Descoberta de Petiscos, ou EOJBDP, para abreviar.

Então eles adentraram a floresta tropical, abrindo caminho por baixo das videiras e de trepadeiras baixas. De vez em quando Jonathan Baleia parava para investigar as plantas e pedras, achando que poderia haver petiscos escondidos ali. Já Polly estava muito mais interessada na beleza natural da ilha; ela nunca tinha visto nada parecido.

— Uau, isto aqui parece o paraíso — maravilhou-se a menina, olhando a exuberante floresta tropical ao seu redor, preservada das mãos nocivas do Homem ou do Shopping Center.

Insetos do tamanho de pássaros zumbiam por todo lado, pássaros tão pequenos quanto abelhas disparavam diante de seus olhos, suas cores tão deslumbrantes que ela achou que seu cérebro iria ficar maluco de felicidade.

— E olhe só para Chorão! — Polly riu alegremente. — Ele ama isto aqui, e para provar isto está dando saltos-mortais!

Era verdade. Chorão quicava e se saracoteava diante deles como o ginasta mais cabeludo do mundo. E quando Polly o viu vagando tão livre, leve, solto e peludo, ela se deu conta:

— Uau, este deve ser o Reino das Feras finalmente! — disse ela, maravilhada. — É isto que está deixando Chorão tão feliz e cheio de energia e disposição!

Rindo de felicidade, Polly saiu saltitando atrás de seu amigo. Foi encontrá-lo em uma clareira da floresta, ela o achou, rolando sobre enormes flores roxas, esfregando as costas com prazer contra os troncos de árvores e fazendo cocô onde quer que desse vontade de fazer. Pela primeira vez ele realmente parecia um baita de um urso-pardo grandalhão e bem gorducho. E o sol brilhava e as borboletas saçaricavam e o dia estava tão brilhante quanto o esmalte de unha de Cleópatra. E Chorão e Polly ficaram ali parados na clareira juntos, olhando nos olhos um do outro com amor e esperança no futuro. Porque eles tinham conseguido. Chorão tinha finalmente voltado para casa — sua casa no Reino das Feras, que era seu lugar.

Foi um momento mágico, e a única coisa que o estragou foi quando o Sr. Gum e Billy William III pularam de trás de uma videira e bateram na cabeça de Chorão com um enorme pedaço de madeira podre infestado de tatuzinhos dos grandes.

— Ha ha! — riu o Sr. Gum.

Sua pele horrível estava vermelha de queimaduras do sol, sua horrível barba estava vermelha porque já era vermelha mesmo, e todo o seu rosto dizia mau, mau, mau. Ele tinha escrito aquilo pela manhã com uma caneta esferográfica.

— Não está tão orgulhoso e forte agora, hein? — gritou ele para Chorão, que ficou deitado, acuado e amedrontado, no chão.

— Ha ha ha! — riu Billy, colocando o pé na cabeça de Chorão e fingindo que ia esmagá-la. — Ele sabe quem é que manda... nós!

— Seus dois pilantras de uma figa! O que estão fazendo aqui? — exigiu saber Polly, furiosa.

— Foi tudo parte de meu incrível plano genial — gabou-se o Sr. Gum. — Veja bem, decidimos velejar até esta ilha de propósito. Sabíamos que você acabaria aparecendo aqui com o urso... só precisávamos esperar.

— Na verdade, meio que viemos parar aqui por acidente — admitiu Billy. — Para ser sincero, ficamos bêbados a maior parte do tempo e... AI!

— Cale a boca! — ordenou o Sr. Gum, batendo na cabeça de Billy com o pedaço de tronco. — Agora, garotinha, atreva-se a dar um só passo e eu acabo com o seu precioso "Chorão" de uma vez por todas. Billy, já consertou o motor do nosso barco?

— Sim — disse Billy William. — O *Ostra Suja* está de volta à ativa, Gummy, meu velho balde de tinta.

— Certo, então — falou o Sr. Gum, espetando Chorão nas costas com um graveto. — Vamos dar o fora desta ilha fedida e partir para fazer nossa fortuna com o Sr. Engraçado, o Urso Dançarino.

— Eu odeio você, Sr. Gum! — gritou Polly.
— E, para ser bem franca, eu não gosto muito

de você também, Billy William! Ele NÃO é o Sr. Engraçado e NÃO é um urso dançarino! Ele é um animal maravilhoso com dignidade e orgulho e lindos olhos castanho-claros e o lugar dele não é com vocês, o lugar dele é aqui!

— Então você não gosta de ver um urso dançando? — O Sr. Gum sorriu com maldade. — Bem, azar o seu, Menininhazinha Chatonilda... você vai desfrutar de uma última apresentação antes de irmos embora daqui.

E então os vilões começaram com aquela terrível canção que eles amavam tanto:

Dance por seu jantar!

Seu grandalhão feioso!

Dance para os velhos Gummy e Bill!

E lá vai o vento soprando pra lá e pra cá...

Mas Chorão não dançou.

Ele já tinha aguentado demais.

— Dance! — gritou o Sr. Gum, furioso.
— Dance, seu urso pulguento e imundo, dance!

Mas não.

Os olhos castanho-claros tristes de Chorão olharam bem dentro dos de Polly, e naquele momento ele pareceu encontrar o máximo de sua força. Não o tipo de força que ajuda o sujeito a levantar um saco de bebês sobre a cabeça em uma Competição de Levantamento de Bebês, mas o tipo de força que vem lá de dentro. O tipo de força que diz ao mundo: *"Eu sou um urso, não um palhaço dançarino! E sou orgulhoso como o vento, e livre como o vento, e selvagem como o vento! Ei, talvez eu seja o vento! Não, espere um pouco, eu sou um urso, sim, sou definitivamente um urso! E vocês podem me cutucar com gravetos afiados e me chamar de idiota, mas nunca mais vão me fazer viver no Mundo dos Homens!"*

E Chorão jogou a cabeça para trás e, rapaz, ele UIVOU, e foi um barulho tão assustador e longo e rico, repleto da força de animais ancestrais, que até mesmo o Sr. Gum se afastou, assustado.

— HUUUUUUUURRRRR

RRRRRRRRLLLLLLLLLLLL

O som belo e solitário se espalhou em cada canto daquela ilha, chamando a atenção de criaturas que ficavam escondidas ali, esperando o sinal de um irmão em dificuldades. E, lenta e gradualmente, centenas de olhos começaram a aparecer entre as árvores e samambaias. Centenas de pares de olhos, piscando ameaçadoramente em volta da clareira da floresta.

— O que está acontecendo? — choramingou o Sr. Gum. — Eu não gosto disso, não gosto nem um pouco disso!

Capítulo 14

O Reino das Feras

Lentamente um vulto emergiu das árvores. Era um urso.

Lentamente outro vulto emergiu das árvores.

Era outro urso.

Lentamente um terceiro vulto emergiu das árvores.

Era Jonathan Baleia.

— Olá, Polly — disse ele. — Você achou algum petis... Uau, o que está acontecendo aqui?

— Shh — fez Polly. — É o Reino das Feras, em todo o seu poder, finalmente.

Um de cada vez, mais e mais ursos saíam dentre as árvores, até que logo o Sr. Gum e Billy estavam completamente cercados por grandes criaturas marrons, todas com uma expressão ameaçadora, rosnando e mostrando seus dentes brancos e afiados.

— O que vamos fazer? — balbuciaram os vilões, agarrando-se um ao outro. — Eles vão nos partir ao meio e sugar a medula de nossos ossos, seja lá o que for essa tal de medula!

Mas agora todos os outros tipos de animais também começavam a aparecer, à medida que a notícia se espalhava: macacos, ratos, abelhas, antílopes, papagaios, tucanos, cavalos selvagens, cavalos ainda mais selvagens, cavalos completamente alucinados, sapos de árvores brilhosos e tão venenosos que volta e meia se matavam por acidente, orangotangos, lagartos azuis, elefantes, tigres, um rinoceronte chamado Larry Bennett, escaravelhos, escaranovos, centopeias gigantes, um cachorrinho montado em um macaco e milhares de outras esquisitices tropicais de que vocês nunca nem ouviram falar — todos eles vieram trotando, ou voando, ou deslizando para se juntar à festa. Uma baleia-azul veio correndo do oceano só para dar uma olhada, e um porquinho mandou um bilhete dizendo que sentia muito por não poder comparecer, mas que estava ocupado sendo comido por uma jiboia.

Então, assim que todos os animais estavam reunidos, Chorão se elevou sobre as patas traseiras. E muito lenta e propositalmente ele começou a bater com as patas no solo.

BUM.

BUM.

BUM.

BUM.

Um de cada vez os outros animais se juntaram, batendo com os pés ou sacudindo as caudas no ritmo, e que balbúrdia eles fizeram aquele dia, meus amigos! Vocês nunca ouviram nada como aquilo, ou talvez tenham ouvido, quem sabe o que vocês fazem em suas horas vagas? De qualquer forma, que balbúrdia! E a forma como aqueles animais encararam aqueles vilões! Vocês teriam jurado que eles estavam tentando lhes dizer algo.

— Ah, se ao menos nós pobres animais pudéssemos falar — exclamou um grande papagaio vermelho, batendo as asas desesperadamente —, poderíamos lhes dizer o que temos em mente.

Mas Jonathan Baleia já tinha deduzido.

— Perdão — disse ele aos vilões —, mas acho que... hum... bem, acho que os animais querem que vocês *dancem* para eles.

Nesse momento os animais jogaram suas cabeças para trás e guincharam e bateram com as patas no chão ainda mais forte do que antes.

— O QUÊ?! — gritou o Sr. Gum, horrorizado. — Eu não sou homem de ficar dançando!

— Nem eu — resmungou Billy. — Não vou ficar por aí balançando o esqueleto como um bailarino de discoteca para um monte de animais selvagens idiotas!

Mas nesse momento os animais começaram a rosnar e a arreganhar os dentes, batendo com as patas no chão cada vez mais alto e chegando cada vez mais perto, levantando as pernas ameaçadoramente.

Não havia como fugir. Tremendo de raiva e vergonha, o Sr. Gum e Billy levantaram suas velhas e pesadas e horríveis botas e, com os rostos mais vermelhos do que nunca, começaram a dançar.

— Eles estão se divertindo à nossa custa — choramingou Billy enquanto saltitava.

— E se eles nunca nos deixarem parar? — resmungou o Sr. Gum, dando uma pirueta.

Nunca uma cena dessas tinha sido vista naquela ilha. Os animais batiam as patas e zurravam e balançavam as cabeças em aprovação, uivando e rugindo e guinchando e zumbindo e assoviando. E na verdade parecia que as feras continuariam com aquilo para sempre — mas Polly estava balançando a cabeça em reprovação. Ela simplesmente não conseguia suportar ver outras pessoas em apuros, mesmo que essas pessoas fossem o Sr. Gum e Billy William III.

— Ah, Chuchu, isso não é certo! — gritou Polly, pulando para dentro do círculo, para junto dos atônitos vilões, e passando os braços em volta do velho e grande urso. — Se você tratar o Sr. Gum e Billy como eles o trataram, então você não é melhor do que eles! E o Reino das Feras ficará como o Mundo dos Homens, cheio de vinganças e ódios e de pessoas sendo obrigadas a dançar. Por favor, eu lhe imploro! Lembre-se de que você é Fera, não Homem, e pare com essa terrível punição de uma vez por todas!

Será que Chorão entendeu o discurso de Polly? Bem, não exatamente. Ele não entendeu as palavras, obviamente. Mas animais são animais inteligentes e podem sentir todos os tipos de coisas que você e eu não temos nem como saber, como emoções e sentimentos e comida de cachorro. Então sim. Quando fitou os olhos suplicantes de Polly, Chorão sentiu a verdade no que ela dizia e ficou verdadeiramente envergonhado.

— Mmph — disse ele suavemente, olhando ao seu redor na clareira para os animais que ele tinha chamado àquele local cheio de folhas. — Mmph.

Imediatamente os outros animais entenderam, e também ficaram envergonhados das criaturas em que tinham se transformado. Eles pararam seu frenesi logo de uma vez e, um depois do outro, voltaram para as sombras, a fim de retomar suas vidas pacíficas de devorar uns aos outros.

— Rápido — disse o Sr. Gum, aproveitando a chance. — Vamos dar o fora daqui, Billy!

E eles saíram correndo pela floresta, para longe do resplandecente mundo natural dos animais, um mundo que eles nunca seriam capazes de compreender ou de aprender a acariciar. Chegando à praia, eles ligaram o motor do *Ostra Suja* e zarparam dali. Foi a última vez que se ouviu falar deles nas Ilhas do Pacífico Sul, e onde eles foram parar, apenas o tempo poderá dizer.

Capítulo 15

O Espírito do Arco-Íris?

— Bem — disse Jonathan Baleia, que tinha finalmente descoberto um petisco na ilha: um coquinho muito pequeno que tinha gosto de vômito. — Tudo está acabado. Chegou a hora de voltar a Lamonic Bibber finalmente.

— Mas como vamos voltar, Sr. Baleia? Nosso balão está todo estragado, sem chance de conserto — falou Polly.

— Ah, é, eu tinha me esquecido disso — disse Jonathan Baleia, melancólico. — O que será que vamos fazer?

Mas bem naquele momento as orelhas de Chorão se levantaram e ele saiu em disparada pela floresta dando saltos-mortais.

— Uau, ele está muito louco — comentou Polly, rindo.

Ela e Jonathan Baleia o seguiram até a praia. Lá, sobre as areias brancas cintilantes, estava o balão de ar quente, totalmente reparado, novinho em folha e cercado por centenas e centenas de felizes criaturas sorrindo, saltitando sob a luz do sol e correndo daquele jeito deles.

— Ah, meu DEUS! Os animais consertaram o balão! — gritou Jonathan Baleia, caindo no chão, incrédulo, e enchendo sua calça de areia.

— Não foram os animais. — Polly riu, vendo que o cesto estava carregado de balas de frutas em quantidade suficiente para durar toda a viagem de volta para casa. — Sabe, Sr. Baleia, acho que o Espírito do Arco-Íris andou nos ajudando novamente.

— Ah, Polly — falou Jonathan Baleia, sorrindo. — Não comece com esse disparate outra vez! Quem seria esse tal de Espírito do Arco-Íris, afinal?

— Como assim, o senhor não o conhece? — perguntou Polly, séria. — Ele é um maravilhoso menininho que provavelmente é também uma sobrenatural Força do Bem, e ele sempre vem nos socorrer quando mais precisamos dele.

— E onde está ele, então? — indagou Jonathan Baleia, coçando a cabeça e olhando para um lado e outro da praia.

— Ele está em todos os lugares — falou Polly de modo inabalável. — Ele está à nossa volta o tempo todo, se ao menos abrimos nossos corações para vê-lo. A não ser quando a mãe dele o chama para ir para casa jantar, na verdade.

— Sério, Polly...

Jonathan Baleia franziu a testa, tentando entender tudo aquilo. Era tudo muito esquisito — mas ele tinha que admitir que o balão realmente estava consertado.

Bem, talvez, apenas talvez, ela tenha razão, pensou Jonathan Baleia consigo mesmo — e por um breve momento pensou vislumbrar um pequeno vulto brincando nas ondas cintilantes e rindo como uma criança, enquanto um calipso tocava em algum lugar ao longe. Embora Jonathan Baleia nunca tenha falado daquele momento com ninguém, ele o guardou com carinho por toda a sua vida. E muitas vezes, enquanto estava descendo a escada para assaltar a geladeira de madrugada em sua casa em Lamonic Bibber, ele se lembrava daquele momento. Sua mão parava na porta da geladeira e ele pensava: *Talvez eu possa esperar mais um pouco para fazer um lanchinho*. E ele voltava para o segundo andar de sua enorme cama e dormia como o alegre bebê saltitante que havia sido tantos anos antes, antes de a fome tomar conta dele.

Era o começo da noite e as primeiras sombras estavam começando a se arrastar sobre a areia. As ondas batiam suavemente na costa como uma mãe cantando uma canção de ninar, e ao longe sobre o mar uma revoada de arenques girava pelo céu, cantando sua canção tristonha. Era hora de partir.

— Vou sentir saudades de você, Chorão — disse Polly entre um soluço e outro, jogando os braços em volta do pescoço grosso e sedoso do amigo e olhando profundamente dentro de seus belos olhos castanho-claros. — Você me deixou orgulhosa como uma pista de kart e eu nunca vou esquecê-lo, mesmo sabendo que nunca mais vamos nos ver. Pois, da mesma forma que você era um estranho em nosso mundo, esta ilha não é para gente como eu. Espero que você tenha uma linda e longa vida, Chuchu, e talvez você pense em mim de vez em quando e sorria.

Então Chorão comeu sua cabeça. Claro que não, mas teria sido engraçado.

— Adeus, Chorão — falou Jonathan Baleia quando o grande balão vermelho começou a se erguer no ar.

Logo eles estavam voando bem alto sobre a ilha e Chorão era apenas um ponto nas areias brancas abaixo deles. Mas ele era um ponto feliz. Um ponto saudável. Um ponto vagando livre, leve, solto e peludo como a natureza manda.

Adeus, Chorão, adeus!

Capítulo 16
De volta ao lar

— E foi assim que tudo aconteceu — disse Polly, sentada com seus amigos na colina Boaster algumas semanas depois.

O sol brilhava, um vento quentinho soprava e não havia nenhuma vespa no céu. Era bom estar de volta ao lar.

— Que história extraordinária — falou a Sra. Gracinha. — E aquele terrível navio! Aposto que você está feliz de se ver novamente em terra firme.

— Com certeza — disse Polly. — Gostei bastante de ser um grumete, mas da próxima vez eu não escolheria o *Cócegas de Córsega* para viajar, mas não mesmo.

— Fico feliz de ouvir isso — falou Sexta-Feira O'Leary, que estava deitado na grama fingindo ser uma margarida para ver qual era a sensação de ser uma margarida. — Esse tal de Capitão Brasil parecia ser um completo **PIRADO**!

— Como eu gostaria de ter visto o Reino das Feras com meus próprios olhos — comentou Alan Taylor, o diretor de escola feito de pão de mel, enquanto brincava e corria sobre o pelo de Jake, o cachorro. — Pelo que você conta, deve ser incrível.

— Ah, e era — falou Jonathan Baleia alegremente. — E o melhor de tudo é que na volta ainda conseguimos dar uma passadinha na China, para pegar mais alguns yum-yums de batata com carne de jumento. Alguém quer um?

Mas ninguém quis, nem mesmo Jake, o cachorro, que soltou um indignado "auuu!", como se quisesse dizer "você não tem nenhum bom e velho osso, seu balofo?", e todos riram, não porque estavam zombando de Jake nem nada assim, apenas porque é divertido quando cachorros latem. Quer dizer, a não ser que eles estejam prestes a nos atacar.

E ali deixaremos Polly e seus amigos, rindo e latindo e fingindo ser uma margarida. Pois é novamente a hora de dizer adeus. Adeus, Polly! Adeus, Alan Taylor! Adeus, Sexta-Feira e Sra. Gracinha! Adeus, Sr. Baleia! Adeus, Jake! Adeus, Martin Lavanderia! Sinto muito por você não aparecer nesta história, talvez na próxima, quem sabe? Adeus, todo mundo, adeus!

FIM

MAPAS
&
PETISCOS

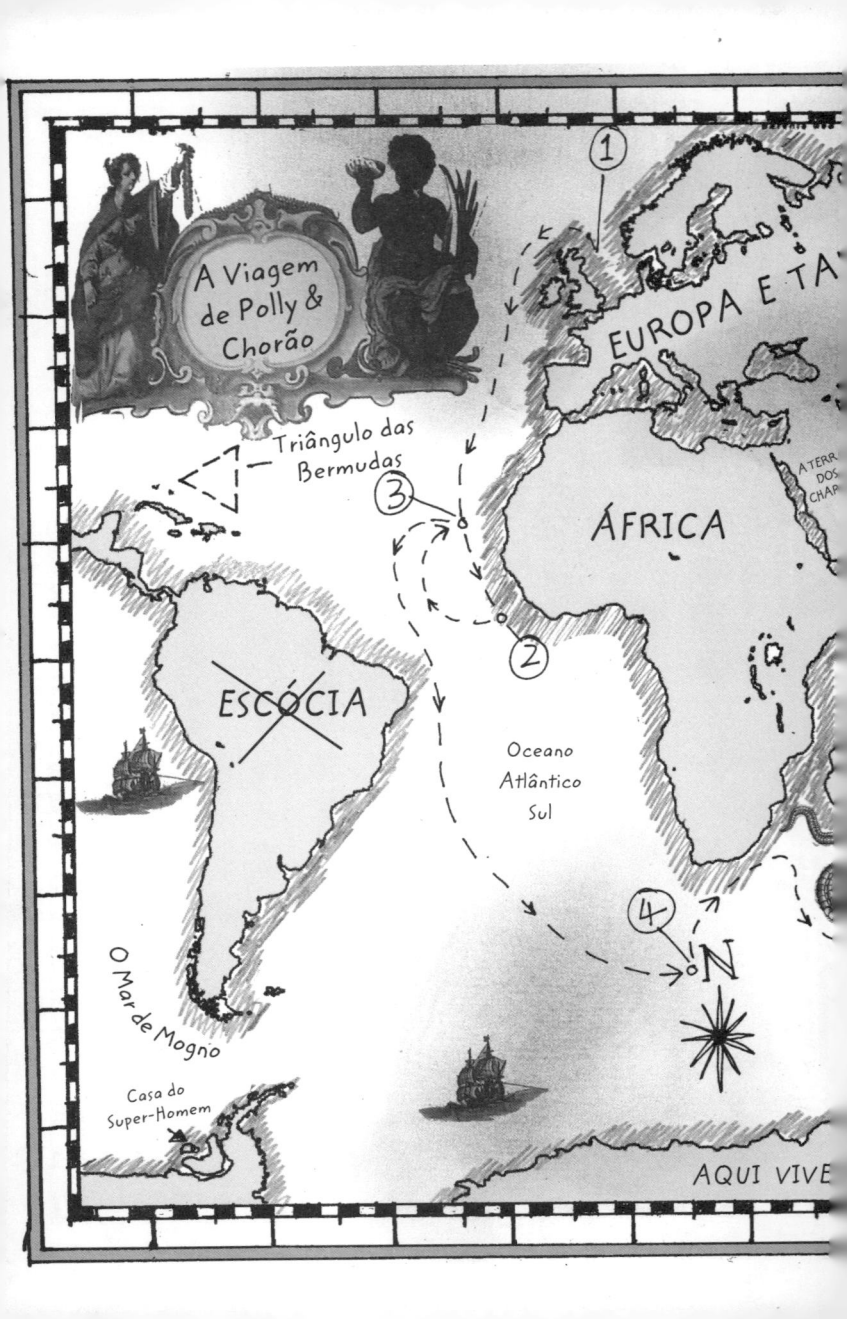

LEGENDAS

1. O *Cócegas de Córsega* parte de Lamonic Bibber.
2. O Capitão Brasil percebe que perdeu uma lente de contato no meio da viagem.
3. O *Cócegas de Córsega* volta para procurar a lente de contato do Capitão Brasil.
4. O *Cócegas de Córsega* quase bate em uma letra N gigantesca que estava flutuando na água.
5. O *Cócegas de Córsega* por pouco não cai nas garras de Michael Encaracolado.
6. Polly e Chorão são jogados ao mar.
7. Polly e Chorão são resgatados por J. Baleia.
8. Polly e Chorão chegam ao Reino das Feras.

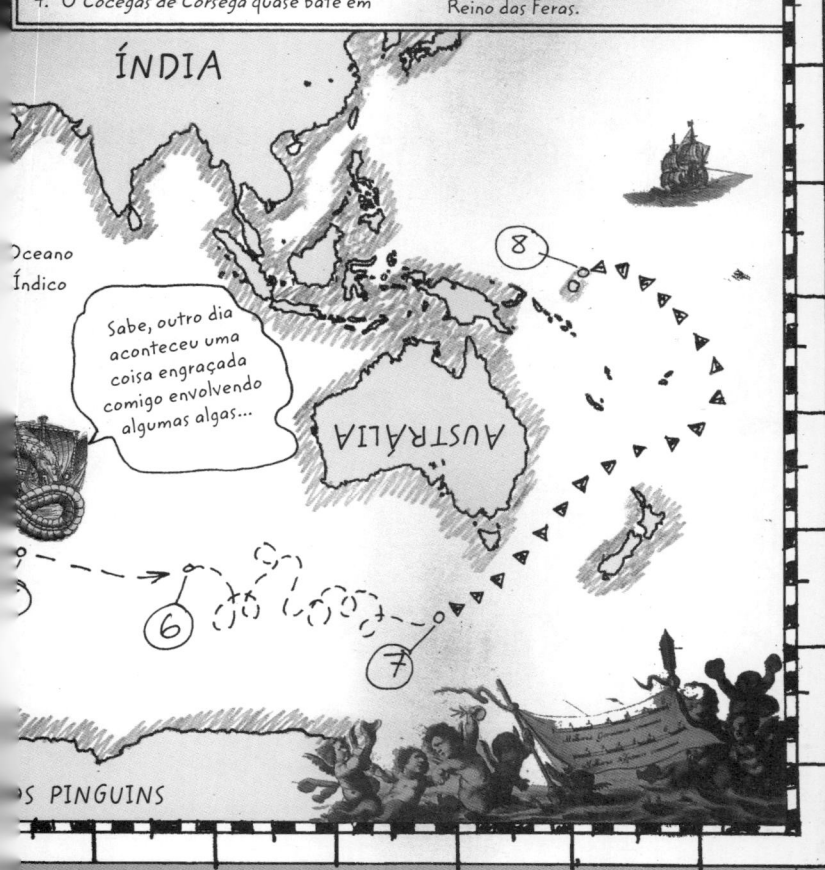

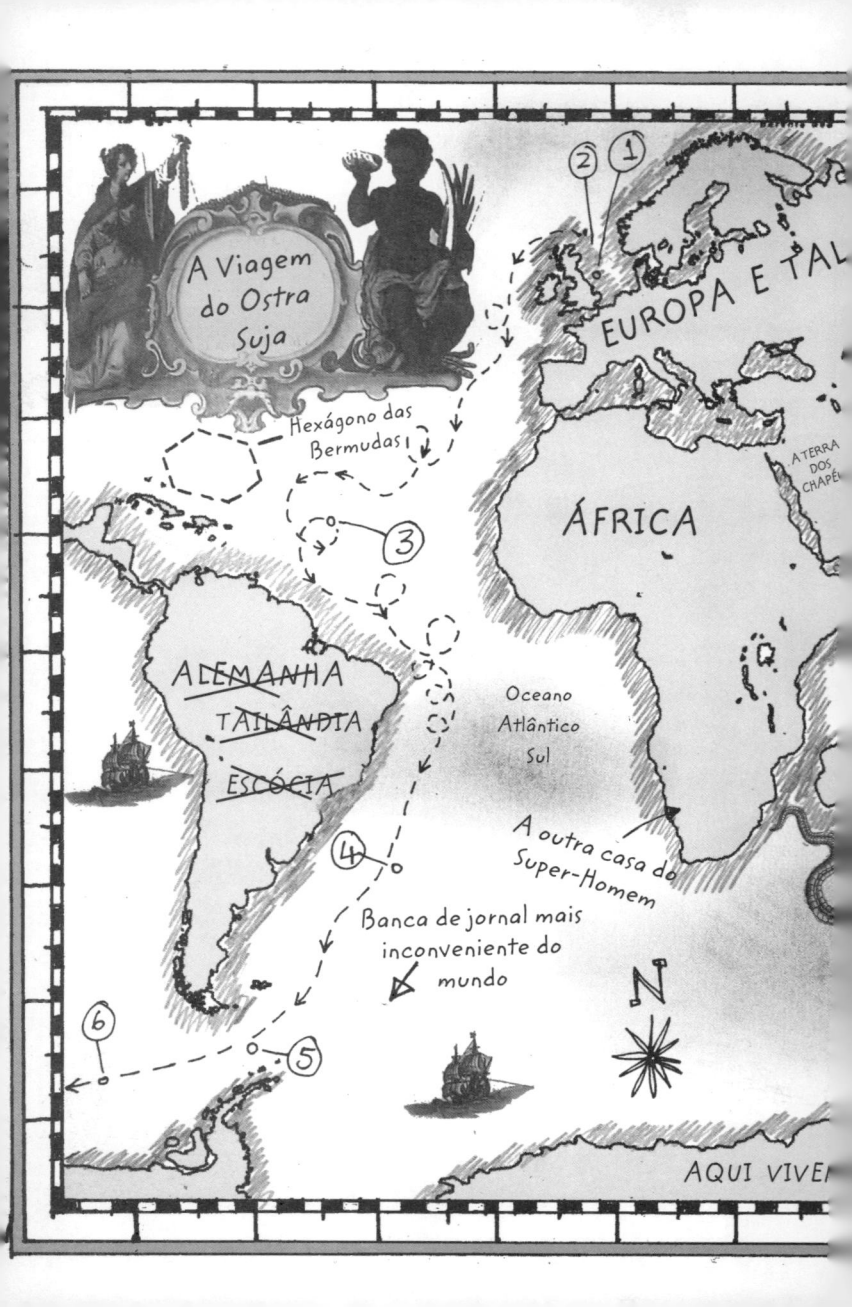

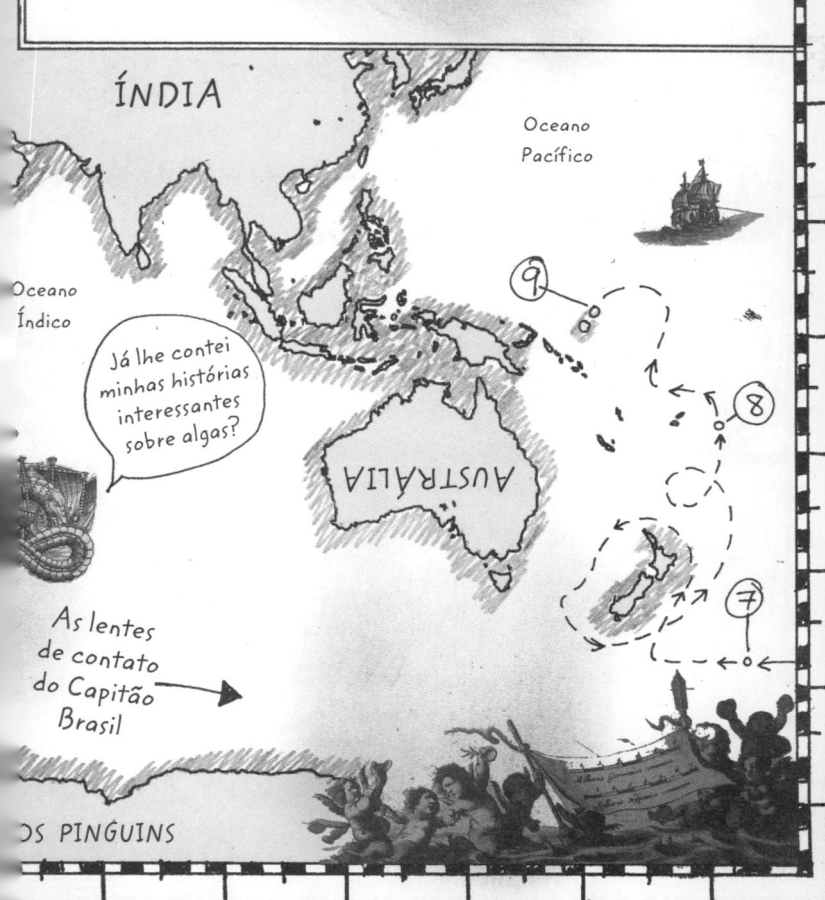

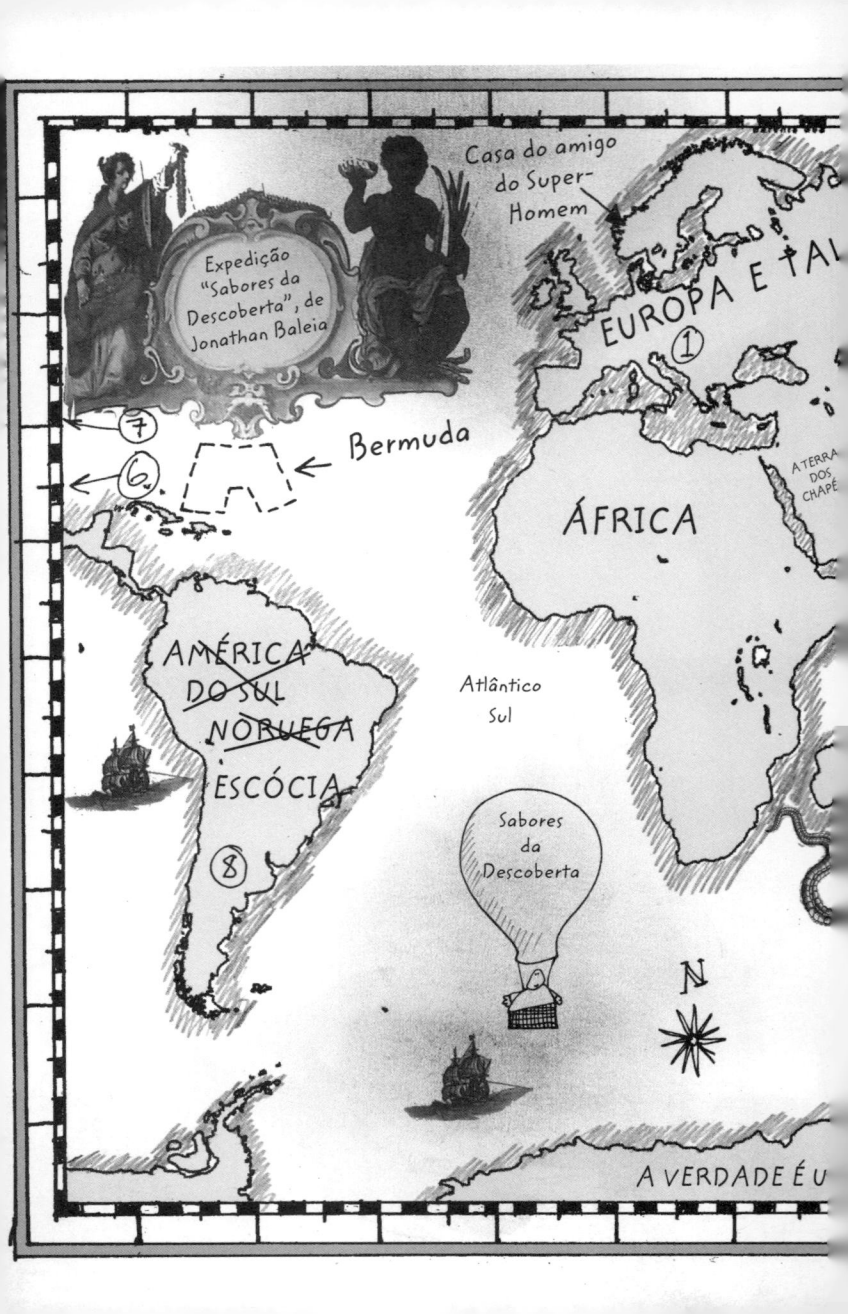

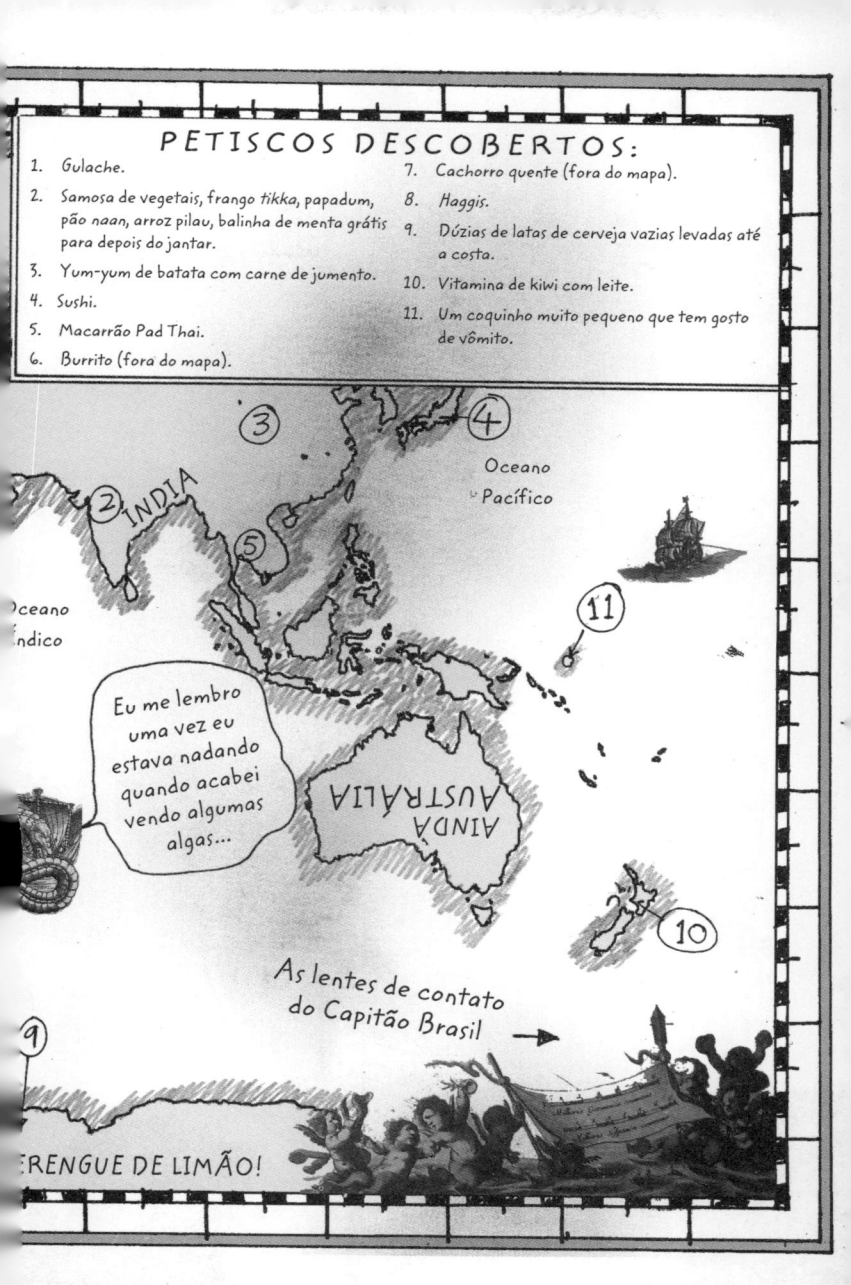

Este livro foi composto na tipologia
ITC Caslon 224 Book, em corpo 13 / 21 e
impresso em papel Lux Cream 80 ǵ/m²
na Markgraph.